KB065426

절은
절하는
곳이다

【 소설가 정찬주가 순례한 남도 작은 절 43 】

절은 절하는 곳이다

이랑
BOOKS

시詩란 말言과 절寺이 합쳐진 낱말이다.

절에 들어서 마음 비우고 스스로 되돌아보라.

침묵의 언어는 시가 된다.

나를 모르고서 발을 옮긴들
어찌 인생길을 알겠는가

시詩란 말言과 절寺이 합쳐진 낱말이다. 그러니 절에 들어서 마음 비우고 스스로 되돌아보는 침묵의 언어는 시가 된다. 시정이 넘치는 작은 절 기행을 하고 싶다. 고독한 이들에게 벗이 되는 글을 쓰고 싶다. 메마른 이들의 가슴을 적시는 글이 되고 싶다. 힘든 이들에게 위로가 되는 편지가 되고 싶다. 가능하면 잡인雜人의 발걸음이 분주한 큰 절들은 피해서 갈 것이다. 역사가 깊은 작은 절들을 찾아 솔바람 일렁이는 오솔길에서 사색과 명상으로 주운 이삭들을 저잣거리로 보내리라.

이 책은 경상도와 전라도 제주도의 작은 절들과 인연 따라 조우한 순례의 기행문이다. 내가 나에게 추천한 작은 절들만 찾아 떠난 자연스러운 여정이었다. 조금이라도 내 발걸음이 헛되지 않고 나를 맑히고 싶었기 때문이었다.

나는 나의 순례가 끝날 때쯤이면 나를 녹슬게 했던, 욕망과 분노와 어리석음의 삼독三毒이 어느 만큼은 씻어져 본래의 맑은 나로 돌아와 있을 것이란 생각을 불현듯 했다. 그래서 나는 절 순례가 살아 있는 나를 위해 지내는 예수재豫修齋가 아닌가 싶기도 했다. 그런 마음이 들자, 법당에 들어 절하는 것이 더욱 절절해졌다. 아! 절은 절하는 곳이구나 하는 단순한 깨달음도 왔다.

나는 이 책을 세상에 회향하는 마음으로 내기로 했다. 독자들도 여기 소개한 작은 절들을 순례하면서 자신을 맑히고 돌아보는 징검다리로 삼았으면 좋겠다. 나는 '절은 절하는 곳이다'라고 자각했지만 독자도 나름대로의 깨달음이 있을 것 같다. 무심코 순례하다 보면 자기 자신만의 깨어 있는 눈을 찾게 되리라고 믿는다. 어느 선사는 말했다.

'도를 모르고서 발을 옮긴들 어찌 길을 알겠는가.'

내 식대로 풀자면 '본래의 나를 모르고서 발을 옮긴들 어찌 인생길을 알겠는가'라는 뜻이다. 암자나 절 순례기는 이 책이 마지막이라는 예감이 든다. 나도 이제 나그네란 이름으로 동가식서가숙하기에는 사뭇 세월이 흘러가버린 것 같다. 여름이면 덥고 겨울이면 춥다. 철이 든 것일까.

남도 산중 이불재에서
무염 정찬주 합장

3장 하필이면 서쪽에만 극락이랴

4장 흰 구름 걷히면 청산이라네

1장

옳거니 그르거니 내 몰라라

'뜨는 해'는 언제 보아도 새롭고 한결같다

겨울이지만 날씨가 봄날 같다. 응달 계곡으로 들어서면 얼음은 송곳니처럼 하얗지만 산자락을 스치는 바람은 부드럽다. 그렇다고 방심해서는 안 된다. 인간의 미래처럼 불확실한 것이 산의 기후다. 어느 순간 산자락에 눈과 비구름이 몰려올지 모른다.

산에서는 목적지를 향해 말없이 한 걸음씩 걷는 것이 최선이다. 산길은 누구에게나 마찬가지로 가파르다. 지름길이 없다. 능선과 계곡을 거스르지 않는 오래된 길이 하나 나 있을 뿐이다. 누가 대신 가줄 수도 없다. 부유한 이건 가난한 이건, 지위가 있건 없건 오직 자신의 두 다리를 움직여 목적지에 도달하여야 한다. 산은 누구에게나 평등하다. 편안함을 좇아 자주 쉬어간다면 목적지에서의 휴식은 그만큼 줄어든다. 산은 남을 앞질러 가는 것을 원하지도 않는다. 빨리 가려고 뛰던 사람은 반드시 어느 산모퉁이에선가 뒤처지게 되어 있다. 산은 우리에게 두 걸음이 아

진리의 세계인 적멸보궁의 법계로 들어서는 법계사 일주문

니라 '한 걸음부터 천 리 길'을 가르쳐준다.

진리나 삶의 태도는 배워 얻어지는 것이 아니다. 그것은 지식일 뿐이다. 자신의 경험 속에서 체득해야 피가 되고 살이 된다. 선禪도 지식보다는 경험을 강조한다. 배고픈 이에게 밥을 주지 않고 쌀의 종류를 아무리 설명한들 배고픔이 해결될 리 없다.

오늘의 목적지는 천왕봉 정수리 아래에 있는 법계사法界寺다. 우리나라에서 가장 윗자리에 위치한 절이 법계사라고 한다. 해발 약 1,200미터에 자리한 설악산 봉정암이 가장 높은 곳의 암자인 줄 알았는데, 법계사는 1,450미터다. 나는 지금 한반도 최고의 고도에 자리한 절을 가고 있는 셈이다.

'또 한 해를 어떻게 살 것인가.'

가능하다면 법계사에서 하룻밤을 묵은 뒤 일출을 바라보면서 '뜨는 해'를 화두 삼아 올 한 해를 활화산처럼 살고 싶다. 날마다 에너지가 넘쳐 흘러나는 청춘이 되고 싶다.

법계사는 신라 진흥왕 5년(544)에 인도에서 부처의 진신사리를 가지고 온 연기조사緣起祖師가 창건했다고 구전되는 절이다. 연기조사가 신라 때 황룡사 스님이었다는 설도 있으니 더 연구해 볼 일이다. 아무튼 부처의 진신사리를 봉안한 절을 적멸보궁이라 부르는데, 법계사도 상원사나 통도사, 정암사 등과 같이 적멸보궁 도량이다. 적멸보궁에서는 불상을 모시지 않는다. 부처의 진신사리가 있으니 불상이 필요 없는 것이다. 연기조사는 화엄사를 창건한 스님이기도 한데, 왜 화엄사에 부처의 진신사리를 봉안하지 않고 법계사에 모셨는지 궁금하다.

법계사의 심장인 부처님 진신사리가 봉안된 삼층석탑

진신사리탑 너머로 해가 뜨면서 새날이 열리고 있다

마지막 몇백 미터의 산길을 남겨두고 응달에서 쉬었더니 재채기가 나온다. 산행으로 달아올랐던 체온이 갑자기 떨어지니 그럴 만도 하다. 상식이 하나 더 생긴다. 쉬어갈 때는 햇볕 드는 양달이 좋다는 것이다. 다시 산길을 오른다. 몸이 또 더워지니 재채기는 절로 사라진다. 어지간히 오르긴 오른 모양이다. 산죽들이 거센 바람을 피해 바짝 자세를 낮추고 있다.

푸른 허공에 천왕봉이 나타나고, 드디어 그 아래 터를 잡은 법계사 일주문이 보인다. 갑자기 다리에 힘이 솟는다. 먼저 보궁으로 들어가 참배를 한다. 도량이 날마다 새로워지고 있다. 관해 스님이 주지스님으로 부임해와 신도들과 한마음으로 중창한 불사들이다. 산신각이 새롭게 복원돼 있다. 단청과 벽화는 내가 좋아하는 후배 정경문 불화가의 솜씨다. 범종각도 곧 지어질 모양이다. 범종각의 종소리가 세상으로 울려 퍼질 날도 머지않았다.

나와 인연이 깊은 관해 스님으로부터 하룻밤 묵을 방을 배정받은 뒤, 다시 나와 진신사리 삼층석탑(산청 법계사삼층석탑) 쪽으로 오른다. 고려 초기의 작품이라는 탑은 보물 제473호로 지정되어 있다. 아담하고 검박한 모습의 작은 탑으로 부처님의 풍모를 연상시킨다. 실제로 석가모니 부처님은 근엄하기보다는 누구나 가까이하기에 편안하고 자상한 분이셨던 것이다.

오후 4시 30분에 이른 저녁을 하고 두리번거리다 보니 금세 어두워진다. 참배객들은 보궁으로 기도하러 나가고 나는 방 안에 드러누워 상념에 잠긴다. 두어 시간 계속되는 염불소리가 부질없는 상념을 지운다. 이곳에서는 세속의 잡사雜事는 잊어버리고 적멸과 하나 되라는 진언 같기도 하다.

'석가모니불, 석가모니불.'

명당은 '꿈 없는 잠'을 들게 하는 법이다. 일상에 쫓기던 이들도 어머니 품 같은 명당에서는 무거운 꿈으로 가위눌리지 않는 것이다. 새벽 목탁소리에 눈을 뜨고 밖으로 나서자, 맨 먼저 샛별이 나를 반긴다. 부처님께 깨달음을 준 별이다. 부처님은 새벽이 되어 홀로 반짝이는 샛별을 보고 정각正覺을 이루었다. 과거와 미래가 거울처럼 환히 보이고, 마지막 단계에서는 먼지 같은 미세한 번뇌도 남김없이 사라져버린 것이었다.

진신사리 탑 너머에도 샛별이 반짝인다. 좌선 삼매에 든 부처님이 샛별을 응시하고 계신 것 같다. 약 2,500년 전 정각을 이룬 부처님의 모습이 재현되는 느낌이다. 나는 그 자리에 선 채 일출을 맞이한다. '뜨는 해'는 언제 보아도 새롭다. 언제 보아도 한결같다. '날마다 새롭고, 날마다 한결같게.'

올해는 날마다 그렇게 하루를 보내고 싶다. 날마다 거듭 새롭게 태어나되 첫 마음은 늘 변치 않고 한결같게 살고 싶다. 그러나 장엄한 일출은 나의 그런 맹세마저 초라하게 하고 침묵케 한다.

◈ 가는 길

대중교통을 이용할 경우에는, 진주시외버스터미널에서 중산리행 버스를 타면 된다. 경남 산청군 중산리에서는 천왕봉을 오르는 등산로를 이용한다. 매표소에서 절까지는 7킬로미터다. 위령비까지는 길이 잘 나 있으나 그 이후부터는 가파른 산길이다. 절에 미리 연락을 하면 매표소를 통과하여 위령비 부근 공공건물의 연수원 주차장까지 차를 가지고 갈 수 있다. 전화 055-973-1450

낙락장송은 제 자리에서
오직 청청할 뿐이라네

추줄산, 이름이 예사롭지 않다. 추줄_{崷崒}이란 산이 높고 험하다는 뜻이니 산세가 가파른 것만은 분명하다. 산이 사나우니 전술적으로 위봉산성을 축성했을 것이다. 위봉사는 산성 바로 밑에 있다.

일주문을 지나면 사천왕문이 나타난다. 다시 사천왕문을 지나면 봉서루이고, 봉서루 밑 계단에서 정면으로 보이는 전각이 주법당인 보광명전(보물 제608호)이다. 모두 일직선상으로 배열된 가람들이다.

보광명전 좌우로는 관음전과 극락전이 좌청룡 우백호처럼 자리하고 있다. 그러고 보니 위봉사의 전각과 당우들은 명산 속의 명당 축소판 같다. 일주문에서 봉서루까지는 늘씬한 능선이 되고, 보광명전은 추줄산의 혈이 뭉친 지점이다.

위봉사는 백제 무왕 5년(604)에 서암대사_{瑞巖大師}가 창건했다고 한다. 또한 《극락전 중수기》에는 신라시대 말엽에 최용각崔龍角이 산천을 유람하는 동안 봉산鳳山 정상에 이르러 어느 풀숲에서 상서로운 빛이 비추매 가서 보니 봉황 세 마리가 노니는바, 그곳에 절을 짓고 위봉사뗿鳳寺라고 했다는 애기가 적혀 있다.

고려시대에는 나옹懶翁선사가 크게 중창했고, 조선시대 세조 때 석잠釋岑대사가 또 중창했다고 하는데, 그때의 규모는 전각 28동에 암자가 10동에 달했다고 하니 수백 명의 스님들이 정진한 듯하다. 일제강점기 때만 해도 50개의 말사를 거느린 31본산중 하나였으나 해방 후 쇠퇴하여 금산사 말사가 되었다고 하니 절의 사세도 윤회전생輪廻轉生하는 것 같다.

법중 주지스님은 봉서루 2층인 지장전에서 법회 중이시라고 한다. 스님이 법회 하는 동안 나는 보광명전 앞에 서 있는 낙락 장송을 감상하는 시간을 갖는다. 낙락장송은 절의 전각들과 너무 잘 어울린다. 모든 전각들의 중심에 있지만 결코 뽐내거나 도도하지 않다. 상相을 내지 않고 제 자리에서 오직 청청할 뿐이다. 위봉사가 세상에 던지는 화두 같다.

"불법이 무엇입니까."

"위봉사 낙락장송이니라."

정월 보름은 선객들에게 동안거 해제일이다. 보름 전날이어선 지 점심상에 온갖 나물 반찬이 올라와 있다. 대중스님들이 직접 산과 들에서 뜯은 나물이라고 한다. 오곡밥에 담백한 시래깃국을 먹으니 속이 개운하다. 특히 찐 토란 맛이 오묘하여 미소를 짓는다. 고구마처럼 구워서 먹는다고도 하는데 난생 처음 먹어본

찐 토란이다. 먹는 일도 수행이라는 생각이 든다. 탁한 것을 먹는다면 심신이 탁해질 것이고, 맑은 것을 먹는다면 심신이 맑아질 것이다. 입으로 들어가 배설하면 끝이라는 어리석은 식탐食食으로 함부로 게걸스럽게 먹어서는 안 될 것이다. 우주 안의 모든 일은 인과법 속에 있으니까.

공양 후, 주지스님과 차를 마시며 다담을 나눈다. 스님이야말로 위봉사의 낙락장송 같은 분이다. 건강하시냐고 물으니 최근에 겪은 돌발사고 경험담을 들려주신다.

"눈에 보이지 않는 알파를 경험했지요. 신문에서나 보았던 급발진 사고를 경험했습니다. 승용차를 타고 고속도로를 가다가 겪은 급발진 사고예요."

스님이 타고 가던 승용차가 고속도로에서 갑자기 굉음을 내며 엄청난 속도로 후진했다. 그냥 후진하는 것이 아니라 말처럼 통통 뛰었다. 갓길 턱으로 올라탄 승용차가 다시 굉음을 내며 전진했다. 승용차는 제어장치의 작동과 상관없이 제멋대로 움직였다. 스님은 운전기사에게 말했다.

"처사님은 관세음보살님이나 외시오. 나는 화두를 들고 있을 테니. 우리가 이 순간에 할 일이 뭐 있겠소."

운전기사는 관세음보살을 외었고 스님은 화두를 들었다. 그때 승용차가 고속도로가에 가까스로 멈추었다. 그제야 단 한 대도 지나가지 않던 자동차들이 놀랍게도 몰려왔고, 운전기사와 스님은 가슴을 쓸어내렸다. 만약 그 순간에 자동차들이 오갔다면 대형사고가 날 뻔했던 것이다.

낙락장송 너머로 가는 비구니스님들이 학처럼 단아하다

한편, 선방 입승스님은 3일 전부터 1천여 명 정도의 사람들이 한글 《천수경》을 자신의 귀에다 대고 외는 것 같더니 급발진한 승용차가 멈추는 순간 그 소리도 사라지는 이적을 경험했다고 한다.

선방 좌복이 아닌 절체절명의 순간에 화두를 들었다고 하시니 놀랍기만 하다. 선방 수좌라면 누구나 그랬을 것이라고 스님은 대수롭지 않게 얘기하지만 말이다. 스님이 녹차를 바꾸어 이번에는 무말랭이차를 우린다.

"햇볕에 말려야 철분이 듬뿍 생깁니다. 세 잔 정도까지는 맛이 괜찮아요. 올해는 무를 많이 심어 무말랭이차를 만들어볼 생각입니다."

스님이 머무시는 관음전 요사채를 나서는데 낙락장송이 또다시 눈에 밟힌다. 수려한 낙락장송 너머 요사채로 들어가는, 가사 장삼을 수한 비구니스님들의 자태가 학처럼 단아하다.

◆ 가는 길

서울에서 승용차를 이용할 경우에는 호남고속도로를 타고 가다 익산 나들목으로 나가 799번 지방도로를 8킬로미터쯤 달리다가 봉동 나들목에서 전주 방면으로 나간다. 거기서 17번 국도를 타고 8킬로미터쯤 간 뒤 용진면 소재지에서 12번 군도로를 타고 명덕교 앞에서 좌회전한다. 26번 국도 진입 후 위봉사 표지판을 따라 산길로 들어서면 된다. 부산이나 대구에서 갈 경우에는 88고속도로를 달리다 함양 나들목으로 나가 대전통영고속도로로 들어가 대전 방면으로 간다. 장수 나들목에서 전주 방면으로 운행하다가 완주군 소양면 소재지 쪽으로 진입하면 된다. 전화 063-243-7657

석탑 그늘에서 제주 사람들의
마음을 헤아리다

점심을 제주의 토속음식으로 먹고 길을 나선다. 토속음식에는 그 지방의 물과 바람과 역사가 들어 있다. 그래야만 토속음식이라 할 수 있다. 오분자기는 제주 바다에서만 난다고 하는데, 제주 뚝배기 된장찌개에는 새우와 오분자기가 들어 있다.

관광은 눈만 즐겁게 하지만 순례는 대상과 마음으로 대화를 한다. 불탑사를 찾아가는 것도 나에게는 순례 길이다. 제주 지리에 어두운 나로서는 택시에 의존할 수밖에 없다. 운 좋게 택시 운전기사가 중2 때부터 3년간 제주의 한 절에서 사미승으로 산 사람이어서 제주 절 역사에 환하다.

불탑사는 1914년 일제강점기 때 봉려관蓬慮觀 비구니스님이 제주 3대 사찰이었던 원당사 터에 지었다고 한다. 그리고 다시 제주 4·3사건으로 폐허가 되자 1953년에 이경호李敬鎬 비구니스님이 중창했다고 한다. 또한 불탑사의 오층석탑은 제주의 탑 중에서 유일하게 보물 제1187호로 지정된 고려시대의 탑이라고 한다.

석탑을 조성한 이야기에는 여느 탑과 달리 고려의 슬픈 역사가 서려 있다. 사연은 원나라에 공녀貢女로 끌려가 마침내 순제의 총애를 받아 제2황후가 된 기황후와 얽혀 있다. 황후 권력을 유지하려면 태자를 낳아야 했으므로 고려에 남은 가족들은 그만큼 절박했을 것이다. 가족뿐만 아니라 태자를 배출한 나라의 특혜를 누리고자 고려는 거국적으로 태자의 출생을 빈다. 힘없는 피지배국 고려가 할 수 있는 일이란 지배국의 태자를 낳게 해달라고 비는 일밖에는 아무것도 할 수 없었을 터이니 문득 비감한 생각도 든다.

고려의 풍수사들이 제주까지 내려와 찾은 곳이 바로 원당봉元堂峰이었다. 풍수사들은 "북두칠성의 맥이 닿은 삼첩칠봉三疊七峰의 산세를 갖춘 곳에 탑을 세우고 기도하면 아들을 낳을 수 있다"고 믿었다고 한다. 북두칠성을 바라보는 원당봉은 세 능선과 일곱 봉우리가 모인 삼첩칠봉의 주봉인바, 하늘의 별자리와 조응하는 명당으로 보았던 것이다.

원당봉은 '원나라를 위한 당堂'이 있는 산봉우리라는 데서 유래한 이름일 터이다. 불탑사의 전신이라 할 수 있는 원당사도 마찬가지다. 그러니까 원당사는 기황후가 아니더라도 원나라와 관련이 깊은 절인 것이 틀림없다. 제주에 주둔한 몽고군의 무운장구를 비는 원찰願刹이었을 수도 있기 때문이다.

불탑사 천왕문 앞에서 불자佛子 택시 운전기사를 기다리게 하고 동행한 아내와 함께 절에 들어선다. 천왕문이 시골집의 대문

천왕문 너머로 마당가에 나앉은 고향집 같은 대웅전

처럼 편안하다. 경내의 대웅전 역시 마당가에 나앉은 시골집처
럼 몇 걸음 거리에 있다. 대웅전 화단의 종려나무가 이국적이긴
하지만 돌담에 붙은 담쟁이 넝쿨과 명자나무가 낯익어 고향집에
들어선 것 같다.

　　일현—賢 주지스님이 반갑게 맞이한다. 명자나무 꽃을 연상시
키는 단아한 모습의 비구니스님이다. 스님께서는 대웅전보다는
오층석탑으로 먼저 안내한다. 석탑은 돌담 문 저편 깊숙이 자리
하고 있다.

좌절하지 않는 제주 사람들의 마음을 닮은 듯한 오층석탑

"원래는 탑 위에 대웅전이 있었습니다. 고려시대에는 그보다 더 위에 있었고요. 지금도 기와 파편이 보입니다. 4·3사건 때 전소되고 난 이후에는 탑 오른쪽에 대웅전을 지었는데 사라호 태풍 때 허물어져 지금의 자리에 짓게 됐지요."

오층석탑만 역사의 소용돌이 속에서도 제 자리를 지키고 있는 셈이다. 돌담 안으로 들어서니 동백꽃이 막 피어나고 있다. 먹구슬나무의 노란 열매도 탑 너머로 점점이 보인다. 제주도에서 본 고목들 중에서 유난히 눈에 띄는 나무다. 새들이 먹구슬나무 열매를 좋아하는지 탑 주변은 새들의 낙원이 돼 있다. 찬바람에 피어난 동백꽃으로 눈이 씻어지고, 새소리로 때 묻은 귀가 맑혀지는 느낌이다. 불탑사가 손님에게 선사하는 맑은 복福이다.

일현 스님이 석탑 앞에서 합장하고 고개를 숙인다. 자연스럽고 다소곳한 모습이 무심한 탑과 오묘한 조화를 이룬다. 불탑사에 와서 발견한 가장 아름다운 모습이다. 그렇다. 고개를 숙인다는 것은 자기를 낮춘다는 것이고, 자기 자신을 대상보다 아래에 둘 줄 아는 하심下心이다. 고개를 뻣뻣하게 세우는 교만과 반대되는 겸손이 바로 하심인 것이다.

구멍이 숭숭 뚫린 검은 현무암의 석탑을 보니 제주 사람들의 멍든 가슴이 연상된다. 숯처럼 검게 타고 크고 작은 상처로 구멍 뚫렸을 제주 사람들의 꺾인 꿈들이 떠오른다. 그래도 탑의 지붕돌들은 날갯짓하듯 허공으로 들려 있고, 탑의 하단에는 날개를 활짝 편 박쥐가 새겨져 있다. 탑의 날렵한 지붕돌을 보니 드넓은 창공을 새처럼 비상하려는 제주 사람들의 마음이 아닐까 싶어

적잖게 위안이 된다.

석탑은 기황후 사연에 얽혀 아들을 낳고자 소망하는 사람들
이 찾아와 불공하는 장소로 각광을 받아왔지만 지금은 남아선
호사상이 사라지고 있어 그 유효기간이 만료된 듯하다. 앞으로
는 불탑사 가족인 봄날의 명자나무 꽃처럼, 한겨울의 동백꽃처
럼 예쁘고 꿋꿋한 딸을 낳아달라고 비는 사람들이 찾아올지도
모르겠다.

불탑사를 돌아서면서 사족을 하나 덧붙여본다. 석탑 안내문
에는 기황후가 태자 낳기를 축원하는 절로 기술되어 있는데, 설
령 설화라고 하더라도 역사적 연대는 맞아야 할 것 같기 때문이
다. 기황후는 고려 충숙왕 때(1333) 14세에 원나라로 가 1339년
에 태자를 낳았으니 안내문처럼 충렬왕 재위기인 1300년에 절을
창건했다면 기황후 출생 전이므로 설화가 맞지 않는 것이다.

공연히 시비거리를 하나 던지는가 싶어 일현 스님께 죄송스러
워 스님보다 더 깊숙이 고개를 숙이고 불탑사를 나선다.

◆ 가는 길

시내버스보다는 승용차를 빌려 타고 가는 것이 시간을 절약할 수 있다. 국립제주박물
관에서 삼양오거리를 찾아간 뒤, 삼양파출소 옆에서 바다 쪽으로 난 길을 따라 올라
가면 원당봉 기슭으로 접어든다. 그곳에서 산길을 타고 조금 가면 불탑사 팻말이 보인
다. 절 앞까지 승용차가 들어갈 수 있다. 전화 064-755-9283

국사가 출현할 때마다 백련이 피리라

백련사에 활기가 돌고 있다. 차茶의 대가 여연 스님이 머문 뒤부터다. 불사를 한다고 생기가 도는 것은 아니다. 역사가 깊은 절에는 사격寺格이 있는 법이다. 사격이란 절이 풍기는 기품이나 위의威儀다. 백련사를 백련사답게 하는 정체성은 무엇일까. 나는 먼저 세 가지를 들고 싶다. 첫 번째는 진흙 속에서 연꽃을 피우겠다는 원묘국사圓妙國師의 백련결사 정신이고, 두 번째는 차를 만들어 마심으로써 정신을 맑혀왔던 다사茶寺의 전통이고, 세 번째는 만경루萬景樓에서 보이는 만 가지의 경치다. 마침, 백련사 사적비 (보물 제1396호)의 내용을 한글로 풀이한 안내문이 비치되어 있다. 창건은 통일신라 문성왕 때 무염국사無染國師가 했지만 고려 때 원묘국사가 크게 중창했으니 그 내용만 간추리면 다음과 같다.

고려 때 원묘국사(1163~1245) 요세了世가 두류산에 와서 절의 남은 터를 보고 그 형세가 기이하고 빼어난 것을 보고 기뻐하여 그의 제자 원영, 지담, 법안 등에게 중수의 역할을 맡도록 하여 고려 희종 7년(1211)에 불사를 시작하여 고려 고종 3년(1216)에 마치니 건물이 무려 80여 칸이나 되었다.

원묘국사의 능력이 아니면 불가능한 불사였을 것이다. 기둥과 기둥 사이가 1칸이니 80여 칸이면 전각과 당우가 수십 채였을 것으로 짐작된다. 그러나 나는 원묘국사를 생각할 때 그런 불사의 능력보다는 백련결사를 더 우러르고 싶다. 보조국사의 정혜결사가 수행자 중심의 간화선 정신의 제창이었다면, 원묘국사의 백련결사는 예불과 주문, 염불 등으로 근기가 낮은 민초들까지 껴안았기 때문이다. 실제로 원묘국사는 하루에 열두 번 53불에 예불하는 강행군을 지속하였는데, 선승禪僧들이 스님의 속성이 서徐씨이므로 '서참회'라고 부르며 조롱하거나 비아냥댔다고 한다. 하루에 두 번 조석예불 하는 것도 빠지는 스님들이 많은데, 열두 번 참회예불을 하였다니 저절로 고개가 숙여진다.

다실에서 여연 스님께서 만든 발효차를 마신다. 스님은 일지암 18년 다도정진을 접고 백련사에 온 것을 어떤 분기점으로 삼고 있는 듯하다.

"보여주는 무대차에서 일상의 생활차로 돌아온 겁니다. 다도의 세계에서는 명성은 허망한 것입니다. 일지암에 온 사람들은 차로써 얻은 저의 명성을 좋아하더군요. 차를 마셔야지 저의 명성을 마시고자 해서야 되겠습니까."

황룡과 청룡이 이끄는 백련사 대웅보전은 반야용선이다

해인사 시절에 성철 스님에게 들은 법문이라며 그 한 부분을 예로 든다. 한 선사가 남루한 누더기 법복을 입고 잔칫집에 초대받아 갔는데 문지기가 막아서더라는 것. 그래서 선사는 새 법복으로 갈아입고 가 잔칫상 앞에 앉았다가 밥과 나물을 자신의 법복에 묻힌 뒤 주위사람들이 "미쳤다"고 손가락질하자, "내가 초대받은 것이 아니라 옷이 초대받았군!" 하고 일갈했다는 이야기다.

"백련사는 아함 혜장선사가 계셨던 곳입니다. 혜장선사가 없었다면 다산 정약용은 차를 몰랐을 겁니다. 앞으로 혜장선사의 다도를 차분하게 연구해볼 생각입니다."

다실을 나와 대웅전 밖의 조각품과 벽화에 대한 설명을 일담 스님에게 듣는다. 법당 문 위에 황룡과 청룡의 머리가 장식되어 있다. 법당은 중생들을 극락정토로 싣고 가는 반야용선般若龍船인 것이다. 여러 그림들 중에서 스님들이 백련에 앉아 있는 벽화도 눈길을 끈다. 국사가 출현할 때마다 연못에 백련이 한 송이씩 피었다고 하는데 그 설화를 형상화한 벽화라고 한다. 잠시 후에는 법당 안으로 들어가 긴 설명을 듣는다.

"불보살과 나한들과 허공을 나는 천인天人, 극락조와 가릉빈가 등등을 가지고 법문을 하면 일 년도 더 걸릴 것입니다. 저 사자와 봉황새를 보십시오. 사자는 삼보를 외호하는 불가의 동물이고, 봉황새는 중국 전설에 나오는 새가 아닙니까. 법당 안을 장식한 모든 것들을 하나하나 스토리텔링 해서 책으로 남겨야 할 것 같습니다."

일담 스님은 명부전의 시왕들과 응진당의 나한들과 산신각의

백련사 선방에 이르면 강진만 바다가 더욱 푸르러진다

호랑이를 보여준다. 호랑이가 부엉이처럼 눈을 동그랗게 뜨고 있으니 무섭지 않고 정겹다. 산신이 타고 다니는, 살생을 모르는 순한 호랑이다. 스님은 백련사 선방에 이르러서는 강진만 바다가 한눈에 들어 전망이 가장 좋다며 재가자를 위한 공간으로 활성화시키면 좋을 거라고 말한다.

내려오는 길에 동백나무 숲(천연기념물 제151호)을 둘러본다. 아직 동백꽃은 보이지 않는다. 춘백春栢이라 3월에 핀다고 한다. 동백나무 숲 사이로 몇 기의 부도가 눈부시게 해바라기를 하고 있을 뿐이다. 다산초당 가는 길은 차밭 사이로 나 있다. 차밭 위 절터에서 일담 스님이 무심코 중얼거린다.

"이곳을 복원해서 우리 스님이 살았으면 좋겠습니다. 백련사에서 좀 떨어져 있으니 좋아하시는 음악도 크게 듣고 편하게 사실 수 있을 겁니다."

스님의 효성스러운 마음이 동백꽃보다 더 붉다. 정오의 햇살이 쏟아지는 강진만 바다보다도 더 푸르다. 정심定心이 곧 정토라고 한 원묘국사의 말씀이 다시 떠오른다. 정심이란 티 없이 맑은 일념과 비슷한 말일 터이다.

◆ 가는 길

서울에서 승용차를 타고 갈 경우에는 서해안고속도로를 이용해 목포 나들목까지 가서 영암·강진 방면으로 달리다 보면 만덕산에 이른다. 부산에서 승용차를 타고 갈 경우에는 남해고속도로를 이용해 순천 나들목까지 가서 벌교·장흥·강진 방면으로 들어가면 된다. 대중교통을 이용할 경우에는 서울고속버스터미널과 인천터미널, 부산서부터미널, 광주종합터미널, 성남종합터미널, 목포터미널에서 강진행 버스를 타면 된다. 전화 061-432-0837

절은 절하는 곳이다

무위無爲란 꽃피듯 자연스러운 것이라네

입춘 무렵인데도 응달에는 잔설이 희끗희끗하다. 그러나 무위
사 가는 길 위에는 봄 햇살이 따사롭다. 산문에 들어서 오던 길
을 되돌아보니 눈앞 저편에 월출산이 솟아 있다. 오른편 봉우리
가 천황봉이고 왼편 봉우리가 구정봉이다. 풍수에 문외한인 내
가 보기에도 무위사 터는 명당의 조건을 갖추고 있다.

그러나 무위사는 주변의 풍광에 무심한 동자승의 얼굴을 하
고 있다. 자기 잣대를 가지고 이러쿵저러쿵 말하지 말고 잔설을
녹이는 봄 햇살처럼 묵묵히 머물다 가라는 표정인 것도 같다. 무
위사는 원효대사가 신라 진평왕 39년(617)에 관음사로 창건하고,
이후 도선국사가 갈옥사로, 또 선각대사가 모옥사로, 조선 명종
10년(1555)에는 편감 스님이 무위사로 개창하는 등 여섯 번이나
크게 불사한 역사를 가지고 있다. 특히 고려 초기에 왕건의 지지
를 받았던 형미 스님의 행장을 돌에 새긴 늠름한 선각대사편광

잔설이 희끗희끗한데 봄 햇살이 따사로운 무위사 전경

탑비(보물 제507호)가 남아 전해지는 것을 보면 그때의 사세가 짐작된다.

해탈문에서 경내를 보고 합장하는 순간 무위사에서 동자승 시절을 보냈다는 한 스님이 생각난다. 최근에 만난 적이 있는 그 스님은 내게 무위사를 함께 가자고 했었다. 초로의 나이에 접어든 그 스님의 얘기가 귓전을 맴돈다.

"목포에서 중학교를 졸업하고 무위사에서 행자 생활을 했지요. 그러다가 머리를 깎고 절 보살님이 만들어준 승복을 입으니 몸이 날아갈 듯했어요. 마당에서 허공에 발차기를 해보니 바지자락이 걸리지 않아 좋았습니다. 동자승이 된 거지요. 고등학교는 자전거를 타고 절에서 20여 리 떨어진 성전고등학교를 다녔지요. 절에서는 젊은 스님을 따라서 염불도 하고 도량석도 했습니다. 사람들이 모두 귀여워해주었습니다. 그래도 사춘기라 외롭고 쓸쓸해지면 법당으로 들어가 할아버지 같은 부처님 앞에 앉곤 했지요. 세상에서 저를 제일 편안하게 해주는 분이었습니다. 법당의 벽화들은 상상의 날개를 펴게 해주고요. 저는 벽화에 얽힌 전설을 사실로 받아들였습니다. 지금도 무위사는 언제나 가고 싶은 고향집 같은 곳이지요."

그 스님이란 전남 보성군 문덕면의 봉갑사 주지 각안 스님이다. 스님이 얘기한 법당은 조선 초기 목조건물인 극락보전(국보 제13호)일 것이다. 스님이 할아버지 같았다는 아미타불이 그윽하게 굽어보고 있다. 동자승의 어린 마음을 어루만져주었던 자비로운 눈빛이다. 삼존불(아미타여래삼존불, 보물 제1312호) 뒤로는 후

극락보전 안에는 관음조가 부리에 붓을 물고 그렸다는 벽화가 있다

불벽화가 그려져 있다. 공식 명칭은 아미타여래삼존벽화(阿彌陀
如來三尊壁畵, 국보 제313호)이다. 아미타불 좌우로 관음보살과 지
장보살이 있고, 뒤로는 여섯 명의 나한이 그려져 있다.

　화기畵記에 의하면 아산현감을 지낸 강노지姜老至 등의 시주로
해련海蓮선사가 그렸다고 전해지는데, 구전에 의한 전설은 다르
다. 무위사에서 사춘기를 보낸 스님은 경상도 같은 먼 데서 참배
객들이 오면 구전되는 전설을 사실로 믿고 다음과 같이 설명을
해주었다고 한다.

주지스님이 법당을 짓고 난 뒤, 법당 안의 벽화를 누구에게 맡겨 그릴까 하고 고심하던 어느 날이었다. 허리가 구부정한 한 노스님이 무위사를 향해 쉬엄쉬엄 걸어오고 있었다. 걸망을 멘 노스님은 긴 지팡이를 들고 있었다. 노스님은 곧장 법당으로 들어가 아미타부처님께 절하고 나오더니 주지스님에게 자신이 법당 안의 흙벽에 그림을 그리겠다고 말했다. 노스님은 아무런 대가를 바라지 않았다. 대신 100일 동안 누구도 법당 안으로 들어오지 말라는 조건을 하나 말할 뿐이었다. 그러나 법당 밖에서 노스님을 뒷바라지하던 주지스님은 궁금하여 견딜 수 없었다. 노스님과의 약속을 어기고 99일째 되는 날 법당 문을 열고 말았다.

법당 안에는 아미타부처님이 상주하는 극락세계가 장엄하게 펼쳐 있었다. 극락에는 붉은 연꽃이 만발해 있었고, 천녀들은 악기를 연주하며 구름 사이를 한가롭게 날아다니고 있었다. 그런데 이상한 것은 노스님은 보이지 않고 파란 빛깔을 띤 관음조觀音鳥 한 마리가 부리에 붓을 물고 날아다니며 그림을 그리고 있었다. 그러나 그 순간뿐이었다. 관음조는 주지스님을 보고서는 관세음보살의 눈을 그리려다 말고 붓을 떨어뜨린 채 법당 문의 문구멍을 통해 날아가 버렸다.

주지스님은 그날부터 환희심을 접고 약속을 지키지 못한 것에 대하여 참회기도를 하며 염불정진을 했다. 며칠이 지났을 때였다. 주지스님은 선정禪定에 들어 노스님을 다시 만났다. 중국의 화성畵聖 오도자吳道子가 관세음보살로 화현하더니 노스님으로 나투었다. 그러더니 다시 관음조로 변해 그림을 그리고 있었다.

40여 년 전까지 절에 전해졌다는 얘기이다. 굳이 무위사에서 동자승으로 살았던 스님의 얘기를 소개한 것은 세월이 흐를수록 전설의 내용이 조금씩 바뀌고 있기 때문이다. 예컨대 관음조가 파랑새로, 100일이 49일로, 노스님이 거사로 얘기하는 사람에 따라 달라지고 있는 것이다.

실제로 후불벽화의 관세음보살은 눈이 그려지지 않은 미완성의 그림이다. 그러고 보면 미완성의 그림을 관음조의 전설이 완성해주고 있는 셈이다. 후불벽 뒷면에 그려진 백의관음벽화(보물 제1314호)는 전설 속에 등장하지 않고 있다. 완성된 그림이기에 전설이 들어갈 틈새가 없는 것이다.

나머지 벽면에 그려진 벽화는 모두 벽화보존각에 전시되어 있다. 보존하는 데는 효율적일지 모르겠으나 솔직히 감동은 떨어진다. 사람의 손을 탄 까닭이다. 무위無爲의 반대말은 작위作爲다. 불가에서는 유위有爲라고도 한다. 윤회하게 하는 업과 통하는 말이다. 아무튼 무위가 꽃피듯이 자연스러운 것이라면 작위는 꽃을 꺾듯 부자연스러운 것이다. 전시된 벽화들이 언젠가 다시 제자리인 극락보전으로 돌아올 날을 기대해본다.

◈ 가는 길

버스로는 광주종합터미널에서 20분 간격의 강진행을 이용한 뒤, 강진버스터미널에서 하루 네 번 운행하는 무위사행을 타면 된다. 승용차로는 호남고속도로를 타고 광산 나들목으로 나가 다시 13번 국도를 타고 53킬로미터쯤 달리다 영암라이온스탑 앞 삼거리까지 간다. 거기서 강진·해남 방면으로 달리다 보면 백운교가 나온다. 무위사 이정표를 보고 3.3킬로미터쯤 들어가면 무위사에 이른다. 전화 061-432-4974

미남 돌부처님을 '눈 속의 눈'으로 보라

경주의 옛 이름은 서라벌인데, 우리들이 흔히 사용하는 '절반'이라는 말은 서라벌에서 유래했다고 한다. 서라벌에는 절이 반, 민가가 반이었던 것이다. 지금도 경주에 들어서면 여기저기서 왕궁 터와 절터를 발굴하는 모습이 눈에 띈다. 신라 헌강왕 12년(886)에 창건된 보리사 가는 길에도 발굴 중인 망덕사 터와 사천왕사 터가 보인다. 절터 하나가 요즘의 대학교 캠퍼스만 하여 발굴 작업이 오랜 시간 동안 꾸준하게 진행되고 있다. 왕릉이나 탑들은 이미 드러나 있지만 땅에 매장된 불교 유물들은 서라벌의 비밀을 간직한 채 아직도 잠을 자고 있는 것이다.

경주에 갈 때마다 꺼내보는 단상斷想이지만 우리나라의 고도들을 모두 국가 예산으로 관리하는 '역사특별시'로 보존하면 어떨까 싶다. 복원할 것은 복원하고, 보존할 것은 보존하여 가능하면 옛 시대의 풍경을 가능한 대로 유지하며 현재와 공존시키자는 것이다. 특히 신라 천년의 고도 경주는 원효, 의상, 원광, 자장, 명랑, 혜통, 혜초, 원측, 지장 등등 걸출한 고승을 가장 많이 배출한 도시가 아닌가. 아직까지 경주에 고승기념관이나 고승공원 하나 없는 현실이 안타깝다. 유물을 감상하는 것도 좋지만 나라는 울타리를 벗어나 세상을 위해 살았던 고승들의 기념관 같은 데서 자기 인생을 명상하고 사색하는 것도 뜻 깊지 않을까.

보리사에 드니 벌써 대숲과 솔숲에 석양빛이 스며 있다. 외출하려는 비구니 스님에게 합장하니 미소를 짓는다.

"보리사에 잘생긴 부처님을 뵈러 왔습니다." "하루 종일 해가 비치지 않아 부처님 사진은 실제보다 잘 안 나올 겁니다."

나는 속으로 '그러니 더 좋지요' 하고 느낌표를 찍는다. 양각이나 음각의 돌부처님을 감상하기 좋은 시각은 아침이나 석양 무렵인데, 비 그친 다음 날은 촉촉한 질감까지 느껴진다. 물론 보름날 전후로 그윽한 달빛이 어릴 때가 가장 환상적이고! 돌부처님의 얼굴과 옷자락 등에 음영이 또렷해지면 마치 살아 있는 듯한 느낌을 주는 것이다.

석가여래좌상(보물 제136호)은 법당 왼쪽에 위치한 삼성각 뒤편에 있다. 삼성각 좁은 마당에는 소나무 세 그루가 날씬하게 서 있다. 관광객인 듯한 사람이 삼성각을 지나치면서 말한다.

"소나무 세 그루를 모시고 있어 삼성각인가."

소나무 신神을 모신 전각이라면 당연히 삼송각三松閣이 돼야 할 것이다. 그러나 우리나라에 그런 전각이나 당우는 없다. 내가 석가여래 돌부처님을 만나러 가는 길에 심심하여 지어본 이름이다.

세상을 자애롭게 굽어보는 보리사 '미남 부처님'

사람들은 문화재를 감상할 때 먼저 안내문을 읽는다. 그래서는 안 된다. 그 순간 문화재는 생명력을 잃어버린다. 문화재의 가치는 글쓴이의 몇 줄로 규정돼버린다. 문화재는 마음으로 만나야 한다. '눈 속의 눈'으로 보아야 한다. 그러려면 아무런 선입견 없이 무의식 혹은 무의식 저편의 의식으로 만나야 한다.

석가여래 돌부처님도 마찬가지다. 무의식 저편의 의식은 누구나 다 가지고 있는 심미안審美眼을 일깨운다. 보편타당한 정답을 가르쳐준다. 설명할 수도 없고 이름 붙일 수도 없는 그것만의 미를 느낄 수 있게 한다. '오! 부처님' 하고 감탄사를 자기도 모르게 터트렸을 때 그것이 전부이다. 가슴속에서 솟구친 순수하고 폭발적인 느낌은 어떤 글로도 설명하기에는 역부족인 것이다.

다행히 석가여래 돌부처님 안내문은 쉬운 우리말로 쓰여 있어 그나마 거북하지 않다. 남녀노소 누구나 이해할 수 있는 글이다. 공식 명칭은 '경주 남산 미륵곡 석불좌상'이다.

경주 남산의 동쪽 기슭에 신라시대 보리사 터로 추정되는 곳에 남아 있는 석불좌상이다. 전체 높이 4.36미터, 불상 높이 2.44미터의 대작이며, 현재 경주 남산에 있는 석불 가운데 가장 완전한 것이다. 연꽃 팔각대좌 위에 앉아 있는 이 불상은 석가여래좌상이다. 반쯤 감은 눈으로 이 세상을 굽어보는 모습이라든가 풍만한 얼굴의 표정이 자비로우면서도 거룩하게 보인다. 별도로 마련된 광배光背에는 연꽃 띠 바탕 사이사이에 작은 불상을, 그 옆에 불꽃 무늬를 새겼다. 손 모양은 오른손을 무릎 위에 올려 손끝을 아래로 향하게 하고 왼손은 배 부분

에 대고 있다. 특히 배 모양의 광배 뒷면에는 모든 질병에서 구제한다는 약사여래좌상이 선각되어 있는데, 왼손에는 약그릇을 들고 있다.

손 모양의 의미는 설명하지 않고 있는데, 석가모니 부처님께서 성도 직전에 자신을 유혹하던 모든 악마를 물리치고 항복을 받았던바 한자말로는 항마촉지인降魔觸地印이다. 여기서 악마란 번뇌 망상까지, 혹은 번뇌 망상을 형상화한 것이 아닐까 싶다.

마애불(경상남도 유형문화재 제193호)은 절에서 내려와 주차장에서 산길을 타고 10분쯤 걸어 올라가야 만날 수 있는데, 슬그머니 웃음을 자아내게 한다. 돌부처님의 양손과 두 발을 옷자락 선線 몇 개 속에 숨겨버린 것이다. 돌부처님을 조각한 장인이 나처럼 게으르거나, 아직은 부처님의 손가락 발가락까지 표현해내는 실력이 모자랐거나, 장난기가 발동해 그랬는지도 모르겠다.

돌부처님 발 맡에 꽃다발이 하나 놓여 있다. 도톰한 볼에 미소가 가득한 돌부처님이다. 석가여래좌상이 '미남 돌부처님'이라면, 마애불은 마음씨 착한 이웃 아저씨 같은 분으로 또다시 찾아와 만나고 싶은 돌부처님이다.

◆ 가는 길

승용차를 타고 갈 때는 경주박물관 앞에서 울산·불국사 방향으로 1.7킬로미터쯤 가다가 사천왕사 터 앞에서 우회전한다. 거기서 4백여 미터쯤 가다 화랑교를 건너 갯마을로 진입하면 보리사 입구가 나온다. 대중교통을 이용할 경우에는 경주버스터미널에서 나와 관광안내소 맞은편 정류장이나, 경주역에서 불국사 방면으로 가는 버스를 타고 가다가 화랑교육원 바로 전인 갯마을 입구에서 하차한다. 전화 054-748-0794

이웃집 착한 아저씨 같은 보리사 마애돌부처님

노을이 세상을 한 가지 빛깔로 물들이듯

석양빛이 대웅보전 처마 밑을 파고들고 있다. 맨살이 된 느티나무 기둥과 서까래들은 더 이상 남루하지 않다. 석양이 황금빛깔로 단청을 하고 있는 것이다. 일본의 금각사는 사람이 금칠을 했지만 미황사 대웅보전(보물 제947호)은 석양이 붓을 든 셈이다. 하늘이 내린 황금법당이라 부르고 싶다. 법당 문 위에 조각한 용머리도 눈부시다. 홀연히 승천할 것처럼 살아 움직이는 듯하다.

미황사는 통일신라 경덕왕 8년(749)에 의조 스님이 창건했다고 전해진다. 고려시대를 거쳐 임진왜란 이후 중수를 거듭하다 조선 후기에 한때 융성했으나 150년 전에 쇠퇴하고 만다. 미황사 스님들이 남사당 같은 풍물패를 이끌고 완도 청산도로 배 타고 가던 중에 모두가 조난당했던 까닭이다. 당시에는 스님들이 시주를 받으러 풍물패를 데리고 다녔던 모양이다. 흥미로운 남도 바닷가 절 풍속이 아닐 수 없다.

지금의 사세는 1989년부터 시작한 불사佛事의 결과다. 비어 있는 미황사에 지운·현공·금강 스님이 들어와 뭇사람들에게 희망이 되기를 발원하면서 돌을 쌓고 절터를 고르고 전각과 당우를 하나 둘 지어왔기 때문이다.

달마산 정상에 직립한 바위들도 법당의 부처님처럼 황금빛으로 바뀌고 있다. 1만 분의 부처님이 되어 미황사를 굽어보고 있다. 미황사의 옛 선사들이 잠든 부도지의 부도들도 불꽃처럼 깨어나는 시각이다. 설봉선사의 부도가 눈에 띈다. 스님은 대흥사 13대종사 가운데 8대인데, 절창의 선시를 남기고 있는 분이다.

평생을 한가로이 보내며 구속받지 않으리
술집이건 다실이건 마음 가는 대로 살리라
어떤 일도 거두거나 나서지 않으며
나귀에 몸을 얹고 깨달음의 땅 지나리.

스님은 걸림 없는 삶을 사셨던 분이었다. 드러난 모습을 숨기기 싫어하여 가사가 해져도 깁지 않았고, 수염은 물론 머리카락도 자르지 않아 더벅머리가 되어 떠돌았다. 자신을 구속하는 계율마저 벗어던졌으니 여러 사람들에게 오해도 많이 받았을 것 같다.

그러나 스님은 자유를 마음껏 누리며 살다가 죽음에 이르러서는 다음과 같은 깨달음의 노래를 부른다.

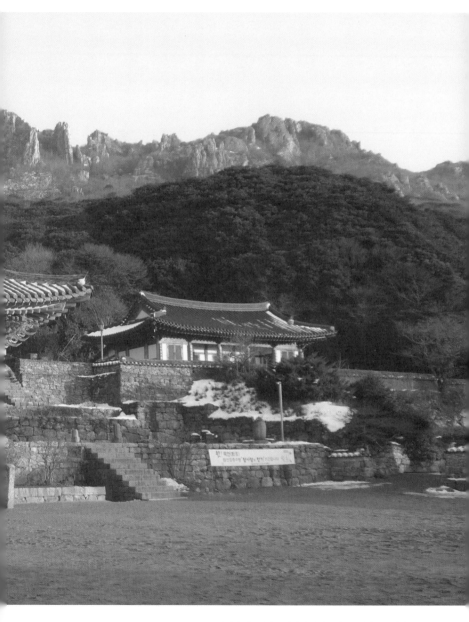

석양이 황금빛깔로 단청한 미황사 대웅보전이 눈부시다

미황사 노을에는 맑은 행복을 소망하는 금강 스님의 발원이 담겨 있다

떠다니는 구름이 온 곳 없듯

가는 곳마다 자취가 없네

구름이 오고 가는 것을 살펴보니

다만 하나의 허공일 뿐이네.

부도지를 내려와 경내를 서성이는데, 미황사 주지인 금강 스님이 나를 부른다. 손님을 배웅하다가 나를 본 것이다. 몇 년 만에 다시 뵙는다. 스님의 다실에서 다탁茶卓을 사이에 두고 가까이 앉는다. 스님도 이제 지천명知天命을 향하고 있는 모습이다.

"지금까지 받아만 왔는데 저도 드릴 수 있게 되었습니다. 제가 이곳에서 차를 마시며 만난 사람들 이야기입니다. 오늘도 차를 사십 잔은 넘게 마셨을 겁니다."

많은 길손들이 스님의 다실을 들렀다는 얘기다. 누구에게나 차 한 잔 따라주는 것이 스님의 가풍이다. 스님의 차는 무겁지도 않고 가볍지도 않다. 귀하지도 천하지도 않다. 차의 성품대로 맑고 향기로울 뿐이다. 스님의 마음도 차와 같다. 동안童顏으로, 처음 뵀을 때나 세월의 흔적이 느껴지는 지금이나 한결같다.

스님이 "책을 우송하려고 했는데 잘됐다"며 《땅끝마을 아름다운 절》 한 권을 내민다. 어느 월간 불교지의 연재물로서 대부분 읽었던 글이지만 책으로 묶여지니 새롭고 반갑다. 땅끝마을 사람들과 절의 아름다운 공생을 이야기하고 있는 진솔한 산문집이며 스님의 웃음과 눈물이 군데군데 빛을 발하고 있는 책이다.

미황사에 머물렀던 연담 유일 스님(1720~1799)이 그의 책 《임하록》에 '미황사는 예부터 1천 불이 출현할 곳이다'라고 적은 바 있는데, 1천 불이란 금강 스님과 인연 맺은 땅끝마을 신도들, 서 정분교 아이들, 미황사를 찾아온 모든 사람들 중에 있지 않을까.

"절 행사 때마다 땅끝마을의 여러 이장님들이 마이크를 들고 알립니다. 이장님들이 마음을 내어 그래 주니 고맙습니다. 부모 님 손을 잡고 왔던 한문학당 아이들이 어느새 성인이 되어 찾아 옵니다. 전화로 인생 상담도 합니다. 절을 잊지 않는 그들을 보고 수행자로서 보람을 느낍니다."

차를 몇 잔 마시고 경내로 나서니 벌써 노을이 서녘 하늘을 붉게 물들이고 있다. 대웅보전 왼쪽 계단을 이용하여 단아한 응 진당(보물 제1183호)으로 오른다. 만하당 마루 끝에서 석양이 빚 어내는 노을을 보기 위해서다. 때마침 구름 한 점 없는 맑은 겨 울날 일몰 무렵이다. 겨울노을은 대략 오후 6시쯤에서 저녁 예불 전까지 펼쳐진다.

미황사 노을에는 금강 스님의 발원發願이 담겨 있다. 미황사 노 을이 절과 땅끝마을 사람들, 서해 바다와 외로운 섬들을 한 가 지 빛깔로 물들이듯, 스님의 마음 또한 세상 사람들 모두가 차별 없이 신명나고 행복해지기를 바라기 때문이다.

◈ 가는 길

서울에서 승용차로 출발할 경우, 서해안고속도로를 타고 목포 나들목으로 나가 해남 읍까지 갔다가 완도 방면으로 땅끝마을을 향해서 계속 달리다 보면 송지면 월송리 삼 거리가 나온다. 그곳에서 우회전하여 6킬로미터 정도 가면 미황사 입구가 나오고, 좌 회전하여 산길을 1킬로미터쯤 오르면 주차장에 이른다. 버스를 이용할 경우에는 서울, 동서울, 부산, 광주에서 해남행 버스를 타면 된다. 전화 061-533-3521

천봉산 대원사

이 세상은 한 송이 꽃,
모든 생명은 나의 가족이라네

천봉산 대원사大原寺는 여느 절보다도 현재와 미래의 자기 모습을 되돌아보게 하는 고찰이 아닌가 싶다. 경내에 들어서면, 어둔 바다를 비추는 등대와 같은 지장보살과 연화극락의 주인이신 아미타불을 외는 독경소리가 유난히 많이 들린다. 하나를 더 추가한다면 티베트 오지에 온 것 같은 이국적인 느낌이다. 주차장 바로 위에 있는 티베트에서나 볼 수 있는 하얀 탑이 수미광명탑이고, 직사각형의 건물이 티베트박물관이다.

대원사의 창건 설화는 무척 흥미롭다. 백제 무령왕 3년(503)에 아도화상이 창건했다고 하는데, 아도화상은 잘 알다시피 신라에 불교를 처음 전해준 고구려 스님이다. 아도화상이 신라 땅 모레네 집에서 숨어 있던 중 꿈속에 봉황이 나타나 "아도여! 신라 사람들이 그대를 죽이려 칼을 들고 오는데 어찌 편히 누워 잠을 자느냐"고 말했다. 깜짝 놀라 일어난 아도화상은 봉황이 날아가

60   절은 절하는 곳이다

는 방향으로 백제 땅 무등산까지 걸어가 몸을 피했다. 그는 다시 남행하여 봉황이 알을 품고 있는 것 같은 산세의 산자락에 걸음을 멈춘바, 그 산을 천봉산이라 이름 지어 개산開山했다고 전해진다.

대원사는 아도화상이 피신해 지냈을 만큼 깊은 천봉산 산자락에 있다. 빼어난 산세가 옛 스님들을 불러들였던 것일까. 대원사는 창건 이후 열반종 8대 사찰로 번성한다. 열반종 스님인 일승一乘, 심정心正, 대원大原이 대원사에 머물며 나무아미타불 염불 소리가 밤낮으로 끊이지 않게 했던 것이다. 또한 고려 때는 송광사 16국사 중 제5대인 자진慈眞 원오국사圓悟國師가 55세 때 대원사로 들어와 선문禪門 교재인 《선문염송》을 판각하는 등 참선수행 도량으로 변모시킨다. 이러한 후광으로 조선시대에도 큰 불사가 이루어져 사세를 유지해왔으나 절은 여순사건과 6·25전쟁을 거치면서 극락전과 자진국사부도 등 석조물만 남기고 불타버린다. 현재 복원된 전각과 당우 등은 1990년 현장 스님이 '복원불사 추진위원회'를 구성한 뒤부터 조성한 가람들이다.

최근 일주문 밖에 조성된 솟대공원도 현장 스님의 발원이 담긴 곳이다. 장대 끝에 오리가 달린 조형물이 솟대인데, 옛 사람들이 수복壽福을 비는 마음으로 마을 입구에 세웠던 것이다. 절입구라서 그런지 생뚱맞지 않고 잘 어울린다. 연못 둘레는 산책하도록 길이 나 있고, '명상과 평화의 길'이라는 표지판이 나무에 매달려 있다. 명상하게 하는 인도 격언이 하나 눈에 띈다.

그날 밤의 꿈이 편안하게 하루를 살고

노년의 삶이 편안하게 젊은 날을 살고

내세의 삶이 편안하게 노년의 삶을 살아야 한다.

솟대공원에서 일주문을 들어서니 '용서와 참회의 길'이 나 있다. 가장 먼저 보이는 표지판에 만공선사의 법어가 적혀 있다.

이 세상은 한 송이 꽃이며

모든 생명은 나의 가족입니다.

남을 위한 일이 나를 위한 일

나와 남은 본래 둘이 아닙니다.

世界一花 萬生一家

爲他爲己 自他不二

그렇다. 나와 남이 둘이 아니라는 진리를 깨닫는다면 이 세상 누군들 용서하지 못하겠는가. 모든 생명이 내 가족이라는 진리를 깨닫는다면 남을 위해 헌신하지 못할 이유가 어디 있겠는가. 나와 남을 다르게 보고, 모든 생명과 내가 무관하다고 생각하기 때문에 뭇 생명의 눈물에 몰인정하고 무자비해지는 것은 아닌지 한번 참회해보라는 법어다.

연지문 앞에 봉안된 부모공덕불父母功德佛도 걸음을 멈추게 한다. 부모불이 자리한 돌집(석조불감)에는 티베트에서 이운해온 부처님 진신사리 1과가 모셔져 있다고 한다. 돌집 앞에는 지혜의

석조불감 뒷면에 계시는 자비의 어머니불

아버지불이, 뒤에는 자비의 어머니불이 계신데, '집 안에 부처님이 계시니 바로 부모님이다'라는 성철 스님의 말씀이 가슴에 와 닿는다.

극락전 앞마당에 있는 고대 인도 성전 《바가바드 기타》의 '모든 사람들이 죽어가지만 자기는 죽지 않을 것처럼 생각하는 것이 가장 놀라운 일이다'라는 구절도 나를 돌이켜 생각해보게 한다. 나만 영원히 죽지 않을 것처럼 살고 있으니 놀라운 일이 아닌가.

자진국사부도를 참배하고 김지장전金地藏殿을 거쳐 대숲 그늘이 짙은 '나를 보게 하는 집'인 관아재觀我齋로 가본다. 현장 스님은 요즘 광주에 대원사 포교당인 지장왕사地藏王寺 개원 준비로 바쁘시다. 신라 왕자 출신의 구법승으로서 지금도 중국에서 지장왕보살로 추앙받는 김지장 스님의 사상을 구현하기 위한 포교당이라고 한다.

"2002년도에 《소설 김지장전》을 지은 적도 있습니다만 '중생을 다 제도한 후에 성불하겠다'는 지장보살 서원의 사회화라고나 할까요. 저는 지장신앙이 생활화될 때 세상사람 모두가 함께 구원될 수 있다고 생각합니다. 더구나 우리 선조 중에는 중국의 구화산을 연화불국으로 일군 김지장 스님이 계시지 않습니까."

관아재를 나와 우측의 낮은 산자락을 넘으니 아실암阿室庵 불사가 한창이다. 아실암이란 등록한 재가불자들이 언제라도 고향집을 찾아 지친 마음을 뉘듯 차를 마시며 정진할 수 있는, 절 문화를 체험하는 템플스테이를 더 발전시킨 수행공간인 암자이다.

아실암 정면에 수미산을 닮은 산봉우리 하나가 우뚝 솟아 있다. 산봉우리가 석양 햇살을 받아 신비롭게 보인다. 산봉우리가 홀연히 '그대는 누구인가?'라고 묻고 있다.

◆ 가는 길

서울에서 승용차로 갈 경우, 호남고속도로를 타고 광산 나들목으로 나가 광주 제2순환도로로 들어가 화순 방면으로 진입한다. 거기서 22번 도로를 타고 가다가 동면 구암교에서 15번을 탄다. 그리고 벌교 방면으로 달리다 주암호에 이르러 문덕 죽산교 다리 앞에서 우회전하여 6킬로미터쯤 왕벚나무 가로수 길을 지나면 대원사에 이른다. 부산에서 승용차로 갈 경우, 호남고속도로 주암 나들목에서 송광사 방면으로 들어가서 15번 도로를 타고 문덕 서재필박사공원까지 갔다가 다시 광주 방면으로 우회전한다. 죽산교를 지나 좌회전하여 왕벚나무 가로수 길을 지나면 도착한다. 대중교통을 이용할 경우에는 사평에서 곡천·벌교행을, 벌교에서는 사평·보성행을 타고 문덕 버스정류장에서 내린다. 전화 061-852-1755

나한산 산봉우리 쳐다보니
세상 번뇌 흩어지네

'나한산 만연사'라는 편액이 붙은 일주문을 지나 누각 밑으로 난 계단을 오르니 눈앞에 대웅전이 나타난다. 대웅전 뒤로 펼쳐진 솔숲이 청청하다. 등걸이 붉은 낙락장송들이 신장님처럼 만연사를 외호하고 있다. 절은 대웅전을 중심으로 몇 채의 가람이 배치된 아담한 규모다. 대웅전 오른쪽 추녀 끝에 선 배롱나무가 눈길을 끈다. 배롱나무 가지마다 붉은 연등이 매달려 있다. 햇살이 투과되어 불이 켜진 듯하다.

고승들 중에는 화순 출신이 많다. 가장 먼저 떠오른 분이 진각국사眞覺國師다. 화순읍에는 진각로라는 길 이름이 있을 정도로 화순 사람들이 예부터 존경하는 분이다. 송광사(옛 수선사)에 주석하던 진각국사가 만연사에 들러 시를 한 수 남기고 있다.

누가 이 터 잡아 처음 절을 지었을까

짓고 허물어지는 흥망이 몇 번이던가

유유히 흘러간 먼 세월의 사연들이여

오직 산문 앞 옛 회나무만 알고 있으리.

草創何人占此基 幾回成壞幾興衰

悠悠千萬年來事 惟有門前古檜知

시로 보아 만연사는 진각국사가 출가한 해(1202) 전후로 지어진 것 같다. 대강백 권상로 박사가 편찬한 《한국사찰전서》에는 고려 희종 4년(1208)에 만연선사가 창건했다는 기록이 보인다. 이후 주석한 화순 출신의 고승으로 조선 후기의 연담蓮潭 유일有一선사가 눈에 띈다. 스님은 출가한 지 30년 만에 고향으로 돌아와 만연사 주지를 지내신 듯하다.

삼십 년 만에 고향에 돌아오니

눈에 보이나니 애처롭지 않은 곳 없네

뽕나무와 삼 심던 옛집은 누가 주인인가

대나무 말 타던 친구들 반이나 가버렸네

내 말소리에 더듬더듬 기억을 하고

옛 이웃은 백발이 되어 붙들고 우네

그러나 즐겁게도 학문하는 이 많아

후배들이 이룬 일들 흐뭇하구나.

연담선사는 대흥사(옛 대둔사) 주지로 가 화순 동복 출신의 호의선사, 해남 출신의 혜장선사를 가르치면서 유배 온 다산 정약용과 시를 주고받으며 교분을 나눈다. 다산이 화순 출신의 스님들과 친숙하게 된 까닭은 아마도 과거에 급제하기 전에 만연사 산내암자에서 공부했던 인연 때문인 것 같다. 다산은 아버지 정재원이 화순현감으로 부임하자 함께 따라와 다음 해인 17세 때 만연사 동림암에서 한겨울에 얼음물로 세수하고 밤늦은 풍경소리를 들으며 《맹자》를, 형 정약전은 《서경》을 공부했던 것이다. 다산은 〈독서동림사(讀書東林寺, 동림사에서 글을 읽다)〉라는 시 한 수를 남기고 있는데, 동림암을 동림사로 잘못 구사하고 있지 않나 싶다. 《한국사찰전서》는 만연사 산내암자로 학당암, 침계암, 동림암, 연혈암을 기록하고 있기 때문이다.

화순 땅에 수도하는 절들 많아도
동림암이 특히 그윽하고 상쾌해라.
깊은 숲과 골짜기 정취 사랑하여
잠시 부모님 봉양 미뤄두었네
가로놓인 다리 푸른 시내 건너고
걸어서 천천히 푸른 산에 올랐어라
응달진 기슭에 잔설이 쌓였고
언 이파리 상수리나무에 걸렸네
뒤돌아보면 티끌 번뇌 흩어지고
문 안에 드니 맑은 생각 피어나네.

절은 절하는 곳이다

낙락장송들이 신장님처럼 외호하고 있는 만연사

16나한처럼 만연사를 둘러싸고 있는 산봉우리들을 감상하고 있는데, 구면인 정담 스님이 반갑게 맞이한다. 요사채 다실로 들어 다승茶僧의 길을 가는 스님의 말씀을 듣는다.

"우리 절에 찾아오시는 분들에게 저는 차를 우려 드립니다. 이 다실에 앉아 있으면 마음이 편해진다고 합니다. 그렇습니다. 절은 마음이 편안해야 합니다. 마음을 묶어두는 곳이 아니니까요. 바람처럼 자유롭게 드나드는 곳이 절입니다."

다산은 동림암에서 《맹자》를 공부하다가 끼니때가 되면 만연

가슴속 낭만을 일깨우는 만연사 누각과 범종각

사 공양간을 찾아와 밥을 먹었을 것이다. 뿐만 아니라 만연사의
음덕은 훗날 소리꾼에게도 이어진다. 일제강점기에 〈쑥대머리〉를
불러 세상을 놀라게 한 가왕歌王 임방울도 화순 능주에 사는 공
창식 선생의 소리를 전수받는 동안 만연사 계곡 폭포에서 독공
을 하여 나중에 득음했다고 한다.

누각에 올라 보니 오후 햇살이 흰 빨래처럼 널려 있다. 그윽한
산자락을 바라보는 시인묵객이라면 누구라도 시 한 수를 짓고,
혹은 그가 소리꾼이라면 판소리 한 대목을 하지 않을 수 없을
것 같다. 가슴속 낭만을 촉촉하게 일깨우는 연꽃 형상의 만연사
산자락들이다.

◆ 가는 길

서울에서 호남고속도로를 이용할 경우, 광산 나들목으로 나가 광주 제2순환도로를 타
고 화순 방면으로 직진하면 너릿재터널을 지나 화순읍에 이른다. 거기서 전남대병원
쪽으로 가다가 터널을 지나자마자 좌측에 만연사 입구 표지판이 보이니 조금 더 달리
다 유턴하면 된다. 부산에서 남해고속도로나, 대구에서 88고속도로를 이용할 경우에
는 동광주 나들목으로 나가 광주 제2순환도로를 타고 화순 방면으로 직진하여 위와
같은 방향으로 운행하면 된다. 전화 061-374-2112

인연을 생각하니 한 걸음도 조심스럽네

사람에게 동명이인이 있는 것처럼 절도 그렇다. 순천 조계산 송광사와 완주 종남산 송광사가 그렇다. 한자도 같고 두 곳 모두 역사도 깊다. 현재 사세로 봐서는 16국사를 배출하여 승보종찰이 된 조계산 송광사가 더 유명하지만 세월이 흐른 뒤에는 또 어떻게 바뀔지 모르는 일이다.

현재의 사격 때문인지 조계산 송광사 스님들이 종남산 송광사 스님들에게 이름을 바꾸는 것이 어떻겠느냐고 권면한 적이 있다고 한다. 그러나 종남산 송광사 스님들이 일언지하에 거절했다고 한다.

조계산 송광사 스님들 얘기로는 같은 이름 때문에 서울이나 부산 등 먼 곳에서 오는 신도들이 완주 송광사로 잘못 가 낭패를 보는 일이 잦다고 하소연한다. 그러나 완주 송광사 스님들은 그런 이유로 역사를 바꾸는 일은 잘못된 것이라고 항변한다.

종루(보물 제1244호)가 궁궐의 누각처럼 화려하다

어느 쪽이 옳을까. 나는 양쪽의 손을 다 들어주고 싶다. 그러
나 하나만 선택하라 한다면 두말할 것 없이 종남산 송광사 쪽이
다. 종남산 송광사 역사를 허투루 보면 안 된다. 일주문 기둥의
주름살을 보면 묵은 절 냄새가 물씬 풍긴다.

절은 신라 경문왕 때 도의국사가 창건했다고 한다. 당시 이름
은 백련사. 규모가 매우 커서 일주문이 현재의 위치보다 십 리
밖에 있었다고 전해진다. 그러니까 소양면 왕벚나무 터널이 시작
되는 부근일 것이다. 송광사 초입부터 시작하는 왕벚나무를 보

면 봄나들이할 때 올 것을 하고 아쉬워하게 된다.

소양면 주민들도 왕벚나무 꽃이 만발할 때 면민축제를 매년 해오고 있다. 꽃은 때로 몽환의 세계로 안내하기도 한다. 현실의 시름을 잊고 전생의 어느 시간으로 돌아간 듯한 몽유夢遊의 공간으로 안내하는 것이다.

우리나라의 모든 절이 그러하듯 송광사도 임진왜란을 맞이하여 전소된다. 임진왜란 때 왜 우리나라의 모든 절들이 불타버렸는지 연구가 미흡하다. 전쟁이 나면 으레 그럴 것이라는 통념뿐이다. 그러나 왜군 선봉장 고니시 유키나가(小西行長) 군대가 천주교 군대였다는 사실을 안다면 생각이 좀 달라질 것이다. 종군신부가 가담한 군대였으니 하느님의 가호(?)로 무운장구를 빌었을 게 분명하다. 그렇다면 임진왜란은 종교전쟁 성격도 띤다. 다행히 서산대사와 사명대사, 그리고 각 지역에서 승군들이 분연히 일어나 왜군을 물리친다. 자랑스러운 승군의 공을 후손으로서 잊어서는 안 될 것 같다.

송광사는 광해군 14년(1622)부터 응호, 운쟁, 덕림, 득정, 홍신 등의 스님이 불사를 시작해 14년 만인 인조 14년(1636)에 마친다. 그때부터 절 이름이 송광사로 바뀐다. 송광사의 역사가 이러할진대 풋내기 절 대접을 해서는 안 된다.

문화재도 국보와 보물이 풍성하다. 대웅전(보물 제1243호)과 종루(보물 제1244호)가 의젓하고, 송광사를 밤낮으로 서서 지키는 사천왕상(소조사천왕상, 보물 제1255호)의 위엄이 삿된 사람들을 물리친다. 삼존불(소조석가여래삼불좌상 및 복장유물, 보물 제1274

지장보살님은 그대의 눈물을 닦아주기 위해 지옥문 앞에 서 있다네

호)도 장엄하다.

그 밖에 일주문이나 나한전, 금강문과 동종과 벽암당 부도 등은 보물 지정을 기다리고 있다. 현재는 지방문화재로 보호받고 있지만 언젠가는 보물로 승격될 것이 분명하다. 경내에는 사람들이 분주하게 오가고 있다. 자세히 보니 셔츠에 템플스테이라고 프린트되어 있다. 한 사람을 만나 물어보니 수련회 중이다.

"1박 2일로 하고 있어요. 앞만 보고 달리다 절에 오면 나를 되돌아보는 시간을 갖게 되지요. 그래서 좋아요. 특히 저는 절에서 스스로 묵언하곤 해요. 몇 시간만 말하지 않아도 내가 얼마나 쓸데없는 말을 했는가 하고 반성하게 되거든요. 공양도 나를 반성하게 하구요. 이곳에서는 밥알 한 개, 반찬그릇에 놓인 깍두기 한 쪽도 버리지 않고 다 먹어야 해요. 음식물을 버리지 않으니 환경오염도 발생하지 않아요. 절 공양이야말로 친환경적이에요."

종루가 궁궐에 지어진 누각처럼 화려하다. 종루 하나만 가지고 얘기한다면 우리나라 최고의 목재 건축문화를 지닌 사찰이라고 해도 과언이 아닐 것 같다. 절 곳곳에 해학적인 표정으로 서 있는 장승들도 미소를 짓게 한다. 금강문 왼편에 선 장승이었던가. 장승에 쓰인 글처럼 좋은 인연을 맺고 있는 기분이 든다.

여러 전각들 중에서 특히 나한전이 눈길을 끈다. 다른 전각은 그냥 지나쳤는데, 나만 나한전 앞에서 발걸음을 돌리지 못하고 이리저리 기웃거리고 있다. 일행은 벌써 경내를 한 바퀴 돌고 지장전 앞에 서 있다.

나 역시 이곳의 스님들처럼 전생에 송광사에 살았는지도 모르겠다. 수많은 절 가운데 지금 이 순간 왜 이곳에 서 있는지 새삼 신기하기만 하다. 내가 오려고 결심했던 것이 인因이라면 송광사가 나를 오게 한 그 무엇은 연緣이 아니겠는가. 인연을 생각하면 한 발짝 옮기는 것도 조심스럽지 않을 수 없다.

◆ 가는 길

서울에서 승용차를 이용할 경우에는 호남고속도로를 타고 익산 나들목으로 나가 799번 지방도로를 8킬로미터쯤 달린다. 봉동 교차로에서 전주 방면으로 17번 국도를 8킬로미터쯤 가다가 용진면 소재지에서 12번 군도로를 탄다. 그리고 명덕교 앞에서 좌회전하여 26번 국도 진입 후 송광사 표지판을 보고 산길을 들어가면 된다. 부산이나 대구에서 갈 경우에는 88고속도로를 달리다 함양 나들목으로 나간 뒤 대전통영고속도로로 갈아타고 대전 방면으로 가다가 장수 나들목으로 나간다. 거기서 전주 방면으로 운행하다가 완주군 소양면 소재지 쪽으로 진입하면 된다. 전화 063-243-8091

2장

산이든
물이든
그대로
두라

풍류란 바람으로 마음을 읽는 것이다

절에는 시詩가 있어야 한다. 절은 한 권의 시집詩集이어야 한다. 내가 늘 말하는 바지만 시詩란 말씀 언言자와 절 사寺가 결합된 것이다. 속기를 털어버린 수행자의 탈속한 말은 곧 시가 되는 것이다. 불립문자라 하여 시문을 경원시하는 스님이 더러 있는데 천만의 말씀이다.

천년고찰을 가보면 어디나 고승들의 절창이 남아 있다. 그런데 그 시들을 시판詩板을 만들어 보여주는 절들은 찾아보기 힘들다. 스님들의 관심과 인식이 부족해서다. 시비를 세운답시고 거창하게 돌에 새길 필요는 없다. 쓰고 남은 나무판자에 대중스님의 붓글씨로 소박하게 소개하면 그뿐일 것이다.

오랜만에 시정이 넘치는 절로 가고 있는 중이다. 언젠가 해질녘에 한 번 와본 적이 있는 유가사다. 유가사는 통일신라 흥덕왕 2년 도성국사道成國師가 창건했다고 한다. 도성은 보각국사 일연

누운 나무 그림자가 일어나 길손을 맞이하는 천왕문

바람을 통하여 마음을 읽었던 두 도인을 찬탄하는 일연 스님의 시

스님이 편찬한《삼국유사》에 나오는 도인이다.

《삼국유사》제5권 피은편避隱篇 포산이성包山二聖, 즉 포산의 두 성인을 얘기하는 부분에 나온다. 포산은 현재의 비슬산을 말하는데, 그 아름다운 내용을 요약하여 소개하자면 다음과 같다.

신라 흥덕왕 때 관기觀機와 도성道成이란 두 스님이 포산에 숨어 살고 있었다. 관기는 남쪽 고개에 암자를 짓고, 도성은 북쪽 굴에 살았는데 서로의 거리는 10리쯤 되었다. 두 스님은 달이 뜨는 밤이면 구름

길을 헤치고 노래하면서 서로 오갔다.

두 스님의 마음을 산 속의 나무들이 전해주었다. 도성이 관기를 만나고 싶어하면 비슬산 나뭇가지들이 일제히 관기가 사는 쪽으로 굽혀주었고, 관기가 도성을 만나고 싶어하면 그 반대로 움직여주었다.

이렇게 서로 왕래하기를 몇 해가 지났다. 도성은 어느 날 자신이 좌선하던 높은 바위에서 하늘로 몸을 날려 떠났다. 이에 관기도 뒤따라 세상을 떠났다. 도성이 좌선하던 도성암道成嵒은 높이가 두어 길이나 되는데, 훗날 스님들이 그 굴 아래에 절을 지었다.

그런데 미당 서정주 시인은《삼국유사》의 이 구절을 보고〈도인의 상봉시간〉이란 제목의 시를 지어 남긴다.

도인 관기는 소슬산 남쪽 봉우리 아래 초막을 엮어 살고, 도인 도성이는 소슬산 북녘 모롱 밑 동굴 속에 계시면서, 서로 친한 친구인지라, 십 리쯤 되는 둘 사이를 오락가락하고 지냈습니다만, 그 만나는 시간 약속은 모년 모월 모일 모시와 같은 우리들이 쓰는 그런 딱딱한 것이 아니라, 훨씬 더 멋들어진 딴 표준을 썼습니다.

즉, 너무 거세지도 무력하지도 않은 이쁜 바람이 북에서 남으로 불어 산골 나뭇가지의 나뭇잎들이 두루 남을 향해 기울며 나부낄 때면, 북령의 도성이는 그걸 따라 남령의 관기를 찾아 나섰고, 그 바람을 맞이해서 관기는 또 마중을 나왔어요.

적당히 좋은 바람이 그와 또 반대로 남에서 북으로 불어 산의 나뭇가지 나뭇잎들을 모조리 북을 향해 굽히고 있을 때는, 남령의 관기가 북령의 도성이를 찾아 나서고, 도성이는 또 그 바람을 보고 마중을 나오고…… 어허허허허허허!

유가사 입구에 이르니 일연 스님의 시비詩碑가 먼저 나를 반긴다. 바위 앞면과 뒷면에 각 한 편씩 새겨져 있다. 두 편 모두 관기와 도성의 얘기를 듣고 쓴 일연 스님의 시인데, 빼어난 절창이다.

> 산나물 풀뿌리로 배를 채우고
> 나뭇잎 옷으로 몸을 가리우니
> 누에 치고 베 짜지 않았네
> 찬 솔 돌너덜에 소슬바람 불어
> 해 저문 숲엔 나무꾼도 돌아가고
> 깊은 밤 달 아래 앉아 선정에 들어
> 이윽고 부는 바람 따라 반쯤 날았도다
> 해진 삿자리에 가로누워 잠이 들어도
> 꿈속에서라도 혼은, 속세에 이르지 않았으니
> 구름이 놀다 간 두 암자 터에
> 산 사슴 마구 뛰놀고 인적은 드물구나.

같은 바위 다른 면에 새겨진, 역시 일연 스님의 시다.

달빛 밟고 서로 오가는 길 구름 어린 샘물에 노닐던

두 성사의 풍류는 몇백 년이나 흘렀던가

안개 자욱한 골짜기엔 고목만 남아 있어

뉘었다 일어나는 찬 나무 그림자 아직도 서로 맞이하는 듯.

특히 이 시에서는 풍류風流라는 단어가 눈에 띈다. 풍류란 음주가무가 아니라 바람이 흐르는 것을 보고 마음을 읽는 '고도의 낭만'인 것이다. 우리 한국인만의 멋이 있다면 바로 그런 것이 아닐까 싶다.

천왕문 가까이 다가서니 백담사 조실 오현 스님의 시비가 보인다. 아직 관기와 도성의 풍류에는 이르지 못한 느낌이나 '싸락눈 매운 향기'라는 구절이 가슴을 적신다.

비슬산 구비 길을 누가 돌아가는 걸까

나무들 세월 벗고 구름 비껴 섰는 골을

푸드득 하늘 가르며 까투리가 나는 걸까

거문고 줄 아니어도 밟고 가면 운韻 들릴까

끊일 듯 이어진 길 이어질 듯 끊인 연緣을

싸락눈 매운 향기가 옷자락에 지는 걸까

절은 또 먹물 입고 눈을 감고 앉았을까

비슬산의 두 도인을 흠모하여 합장하는 스님

만萬첩첩 두루 적막 비워 둬도 좋을 것을

지금쯤 멧새 한 마리 깃 떨구고 가는 걸까

경내로 들어서니 외호신장을 모신 깜찍한 국사당局司堂 옆에 육조 혜능대사의 게송이 새겨진 시비도 서 있다.

보리에는 본래 나무가 없고

밝은 거울 또한 받침대가 아니다.

본래 한 물건도 없는데

어느 곳에 때와 먼지가 끼리오.

방아지기 행자 혜능은 이 게송을 지어 오조 홍인대사의 법을 잇는 상수제자上手弟子로 비약하는 바, 초입에서부터 시를 음미하며 오르는 동안 유가사의 내면을 다 보아버린 듯하다. 주지 계성 스님은 출타하고 없다. 소임을 보는 한 스님이 차를 권하나 다음 기회로 미루고 만다. 혜능대사의 '본래 한 물건도 없는데 어느 곳에 때와 먼지가 끼리오' 하는 구절에서 눈에 낀 헛것이 떨어진 것 같아 좋은 차를 마신 것 이상의 기분이다.

◈ 가는 길

서울이나 부산에서 승용차를 이용할 경우, 중부내륙고속도로나 구마고속도로로 달리다 현풍 나들목에서 나간 뒤 현풍면사무소 쪽으로 가면 이정표가 보인다. 대구 서부 정류장에서 주말마다 600번 버스가 운행되고, 현풍 정류장에서는 5번 버스가 종점인 유마사까지 운행되고 있다. 전화 053-614-5115

운명이란 필연의 다른 이름이다

다리를 건너니 바로 신라 문무왕 16년(676)에 의상대사가 창
건했다는 귀신사가 나타난다. 일주문도 없고 천왕문도 없다. 계
단을 올라서 보면 몇 채의 전각과 당우가 전부다. 가람은 산자락
에 자유롭게 흩어져 있다. 절 마당 한편에는 주춧돌과 탑의 기
단석들이 나를 보고 '왜 이제 왔냐'고 말하며 원망하듯 뒹굴고
있다.

'아, 여기가 귀신사인가. 최치원이 머물며 《법장화상전》을 집필
했다는 곳인가. 철감 도윤선사의 출가본사인가. 생육신 김시습
이 스님이 되어 시를 남기고 갔던 곳인가.'

신라 구산선문 중 사자산문 개조는 철감 도윤선사다. 도윤선
사와 나는 인연이 깊다. 도윤선사가 창건한 쌍봉사 옆에 내 산방
을 지었기 때문이다. 세상 사람들은 우연을 보고 놀란 뒤 세월이
한참 지나서야 그것이 필연인 줄 안다. 내가 쌍봉사 옆에 우연히

진리를 아름답게 상징하는 부처님 손 모양

산방을 짓고 살게 된 것도 어떤 필연이 있을 것이다.

나는 도윤선사의 행장을 볼 때마다 '스님은 18세에 화엄십찰 가운데 하나인 김제 귀신사로 출가하여 《화엄경》을 익히다 28세에 중국으로 가는 사신을 따라가 남전선사의 제자가 된다'라는 구절에서 시선을 멈추곤 했다. 도대체 귀신사가 어떤 절일까 하고 호기심이 솟구쳤던 까닭이다.

초봄의 귀신사는 뜻밖에 조용하다. 봄이 왔다는 것을 짐짓 모른 체하고 있는 것 같다. 대적광전도 세월을 비켜 서 있는 모습이다. 그러나 나는 대적광전 속으로 빨려 들어가고 만다. 마룻바닥에 엎드려 삼배를 올린다. 주불인 비로자나부처님의 몸집이 법당 밖으로 튀어나갈 것처럼 우람하시다. 좌우 부처님도 체급이 동급이다.

알고 보니 부처님은 옛 모습 그대로인데, 세월이 흐르면서 법당이 작아졌다고 한다. 원래는 2층 7칸 크기였는데, 중수하면서 단층 3칸으로 왜소해졌다는 것이다. 그래도 부처님은 답답해하지 않고 미소를 짓고 계신다. 진리를 상징하는 손 모양이 예술이다. 부처님의 여러 상호 가운데 나는 부처님의 미소 다음으로 손 모양의 매력에 빠지곤 한다. 부처님의 손 모양을 보고 나도 모르게 홀린 듯 사진기를 꺼내자, 청소하던 비구니스님이 만류한다. 법당 내에서는 촬영금지라고 한다.

밖으로 나오니 순례를 온 비구니스님들이 경내로 들어서고 있다. 비구니스님들 역시 하나같이 대적광전 앞에서 걸음을 멈춘다. 절의 법당 중에서 대적광전처럼 찬란한 이름이 또 있을까. 부

헤비급 부처님이 세 분이나 계신 대적광전

처님의 큰 광명과 지혜가 세상을 향해 두루 비추는 곳이 대적광
전이다. 나는 큰 절을 가면 가장 먼저 대적광전 앞에 서기를 좋
아한다. 대적광전에 들면 대위광동자가 부처님을 찬탄하는《화엄
경》의 한 구절이 들리는 것 같다.

    부처님이 대광명을 두루 비추니

    형색 모습 가없이 지극 청정하시네.

    구름이 모든 세상에 가득하듯이

곳곳에서 부처님 공덕을 찬탄하네.

서로 빛이 비치는 곳마다 넘치는 환희여

중생이 가진 고통 씻은 듯이 벗었도다.

대적광전 뒤로는 삼층탑과 석수石獸가 있는 곳으로 가는 돌계단이 나 있다. 석수는 귀신사를 떠올릴 때마다 빠지지 않는 석물이다. 머리를 치켜든 사자 등에 생뚱맞게도 남근석이 놓여 있기 때문이다. 아직도 확실하게 설명되지 않는 비밀이다. 풍수지리상 터를 누르기 위해 세웠다는 설과 남근석을 둔 백제 왕실의 원찰이었을 것이라는 설 등이 있지만 현재까지는 가설일 뿐이다.

내 눈길을 붙잡는 것은 석수보다는 돌계단 옆에 자생하는 야생 차나무다. 유학 가서 중국차를 부모에게 선물한 최치원이나 도윤선사는 차를 좋아했던 다인茶人이었다. 특히 도윤선사는 중국의 조주선사와 남전선사 회상에서 함께 공부했던 사형사제 간으로 '차나 한 잔 마시라'는 끽다거의 법연法緣을 맺었던 것이다.

백제 건물 양식의 흔적이 남아 있는 삼층탑을 보고 내려오다 무여 주지스님과 마주친다. 스님이 차 한 잔을 허락한다. 어느 절을 가건 열린 절의 인사법이다.

"차 한 잔 하고 가세요."

나는 궁금한 차 얘기부터 꺼낸다.

"차가 정읍까지만 된 줄 알았더니 정읍보다 북쪽인 귀신사도 되는가 봅니다."

"예전부터 귀신사 차맛이 좋다고 스님들 사이에서 구전되고 있어요."

스님은 귀신사에 들어와 불사한 지 10년째라고 한다. 선방만
다니다가 아무것도 모르고 머물다가 불사를 시작했다는 것이다.
그러나 불사하라는 인연이 있어 귀신사에 온 것이 아니겠느냐며
말한다.

"대적광전 중수 상량문을 보니 120년 전에 불사할 때 두 시주
자의 생년이 갑진생, 무자생인데, 지금 저와 제 상좌의 생년이 같
아요. 정말 놀랐어요. 120년 전에 시주한 분들과 저희가 분명 무
슨 인연이 있는 것 같아요."

이런 경우를 두고 예전 사람들은 '귀신이 곡할 노릇'이라고 말
했을 터이다. 그러나 우연이란 필연의 다른 이름일 것이고, 더욱
이 귀신사에는 청정한 비구니스님들만 있을 뿐 곡할 귀신이 없
는 것 같다. 스님의 불사가 원만하게 회향되기를 빌어본다.

◆ 가는 길

서울에서 갈 경우에는 호남고속도로를 타고 하행하다가 금산사 나들목으로 나가면 바
로 삼거리를 만난다. 삼거리에서 좌회전하여 달리면 1번 국도를 잇는 삼거리가 또 보인
다. 삼거리에서 우회전하여 조금 달리면 712번 지방도로를 만나는데, 그곳에서 좌회전
하여 가면 금산사 입구가 나타나고, 다시 전주 방향으로 10분 직진하면 귀신사 입구
에 이른다. 전화 063-548-0917

절은 절하는 곳이다

절은 역사가 숨 쉬는 박물관이다

오후에 비가 온다기에 이른 아침에 보림사로 가고 있는 중이다. 비가 올 것은 같은 날씨 탓인지 마음속에도 구름이 낀 듯하다. 산중에 살다 보니 날씨에 민감할 수밖에 없다. 까치과인 어치도 비가 올 것 같으면 날카로운 소리로 운다. 그래도 다행히 언뜻언뜻 햇살이 비치곤 한다.

보림사는 통일신라 경덕왕 때 중국 유학승 원표대사元表大師가 절 이름을 가지산사로 하여 창건한 절이다. 원표대사는 화엄종 스님으로 토속신앙의 텃세를 극복하고 주민들을 불법에 귀의시켰다. 이후 100년이 지나서 선승 보조 체징(體澄, 804~880) 스님이 중국에서 돌아와 헌강왕의 지원을 받으며 보림사를 융성시킨다. 신라 구산선문 중 최초로 가지산파를 열었던 것이다. 그때 보림사는 화엄종 절에서 선종사찰로 바뀌었는데, 체징 스님이 입적할 무렵에는 800여 명의 제자들이 머물렀다고 한다.

보림사는 세 번째 들르는 셈이다. 한 번은 어느 해 봄에 보림사 부근의 마을 할머니들이 차를 덖는다는 소문을 듣고 왔었고, 그 후 문화재청장을 지낸 유홍준 교수가 쓴 보림사의 문화재를 찬사하는 글을 읽고 나서 다시 들렀다.

한국미술사 내지 한국문화사에서 장흥 보림사가 갖는 위치는 거의 절대적인 것이다. 9세기 하대신라의 문화를 말하면서 장흥 보림사에 대한 언급이 없다면 그 책은 무조건 엉터리 책이라고 단언해도 좋을 것이다.

너무 극찬하면 당장에는 듣기 좋아도 상상력을 위축시킬 때가 있다. '절대'나 '단언' 같은 헌사는 기를 질리게도 하기 때문이다. 전문가의 설명을 들어 고맙긴 한데 순진한 문외한들에게는 자기 주장을 좀 부드럽게 표현했으면 어떨까 싶다.

물론 보림사의 국보나 보물들을 보면 그럴 만한 것도 사실이다. 나같이 둔한 사람 눈에도 무슨 유행가 가사처럼 '한 번 보고 두 번 보고 자꾸만 보고' 싶어지는 보림사 문화재들이다. 사람들은 대부분, 유 교수도 마찬가지지만 보림사의 최고 문화재로 철조비로자나불(국보 제117호)을 꼽는다.

그러나 나는 철불鐵佛이 너무 차갑고 근엄하여 늘 서먹하기만 하다. 자비로움보다는 위세가 먼저 느껴진다. 왼쪽 팔꿈치 위쪽에 양각된 8행 60자의 글씨를 보면 더욱 그렇다. 팔뚝에 무시무시한 문신이 새겨진 것 같아 주눅이 든다. 글은 858년에 김수종

金遂宗이 왕명을 받들어 1년 만에 조상造像했다는 내용의 글이라고 한다. 김수종은 아마도 지방의 토호였을 것이다. 철불이 근엄하게 보이는 것은 김수종의 이미지가 오버랩된 것은 아닐까. 그가 하심을 지닌 불자였다면 자기 공덕을 과시하지 않고 아마도 철불의 조상 내역을 눈에 띄지 않는 곳에 숨겼을 것이다.

내가 좋아하는 문화재는 따로 있다. 절의 경찰관 격인 사천왕(목조사천왕상, 보물 제1254호)도 솔직히 내 발걸음을 오래 붙잡지는 못하고, 대적광전 앞의 완벽하고 당당한 쌍탑(보림사 삼층석탑, 석등과 함께 국보 제44호로 지정)도 내게는 과분하다. 만약 내가 보림사 문화재들 중에서 최고의 걸작을 뽑는 심사위원이라면 나는 주저하지 않고 쌍탑 사이에 선 단아한 맵시의 석등에게 가장 후한 점수를 주고 싶다.

경내에는 동백꽃이 만발해 있다. 지묵 주지스님께 전화해보니 목욕하러 나왔다며 점심공양 전까지는 도착하겠다고 하신다. 오히려 잘됐다는 생각이 든다. 문화재를 감상하는 데는 넉넉한 시간이 필수다. 단체로 우르르 몰려다니며 이른바 해설자들의 꽁무니를 따라다니는 감상법은 지양해야 한다. 문화재는 바삐 스쳐 가는 사람에게는 절대로 입을 열지 않는다. 애인을 만나듯 자주 찾아주고 한 자리에서 오래도록 그윽한 눈빛으로 쳐다봐야만 교감이 이루어진다.

나는 석등을 볼 때 앞에 서지 않고 늘 뒤에서 본다. 앞에서 보면 대적광전의 위용에 눌려 왠지 석등의 우아한 개성과 주체성이 빛을 잃어버린 느낌이 드는 것이다. 그러나 뒷모습을 보면 천

9세기 탑과 석등의 전형을 완벽하게 보여주고 있는 명작

전국 10대 명수로 꼽히는 보림사 우물에 낙화한 동백꽃

왕문 너머의 먼 산이 배경 되어 비로소 누구를 기다리는 여인 같은 석등만의 다소곳한 모습이 다가오는 것이다.

보림사 보물은 경내에 또 있다. 부도 체징스님사리탑(보조선사 창성탑, 보물 제157호)과 탑비(보조선사창성탑비, 보물 제158호)다. 체징 스님이 입적하자 신라 헌강왕은 스님의 시호를 보조라 내리고 사리탑의 이름을 창성彰聖이라 지어주며 김영金穎에게 비문을 짓도록 명했다고 한다.

내가 보기에는 장대한 사리탑도 선승의 생애를 보여주듯 단순 소박하지 않고 뭔가 과시하려는 듯한 호족의 위세가 투영되어 있지 않나 싶다. 그래서 뒷사람들은 마음껏 발휘한 당시 예술의 진수를 감상하게 됐지만.

지묵 스님은 최근에 몸이 불편하시다 하여 문병도 겸했는데 생각보다 늦게 돌아오시는 것 같다. 점심공양 시간은 아직 멀었다. 이번에는 동부도지로 가본다. 동부도지는 절을 나와 새로 세운 일주문 부근에 있다. 동부도지의 부도들은 조선시대의 것들이어서 그런지 질박하다. 내 마음을 푸근하게 한다. 절로 미소가 지어진다. 다람쥐를 해학적으로 양각한 부도가 있다. 한 마리는 부도를 오르고 있고, 또 한 마리는 부도를 내려가고 있다. 느림보 거북이도 부도에 양각돼 있다. 때마침 동백꽃이 활짝 개화하여 꽃 공양을 올리고 있으니 얼마나 좋은 시절인가!

이윽고 공양시간에 맞춰 돌아온 지묵 스님에게 절의 창건 배경을 듣는다.

"절이 번창한 데는 주민들의 신심보다는 왕명이 더 컸어요. 당

시 사회적으로 민심의 동요가 있어 진정시키려고 했거든요. 보림
사 국보나 보물들은 왕이 직접 토호세력들에게 지시하여 만들어
진 것들이 대부분입니다."

보림사의 문화재들은 모두가 온전하고, 절대연대를 갖고 있는
명작들이어서 9세기 불교미술의 기준이 된다고 전해진다. 그러고
보면 절은 신심을 다지는 공간이기도 하지만 박물관의 역할도
하고 있는 셈이다.

◈ 가는 길

호남고속도로에서 나주·영암 방면으로 나가 23번 국도를 따라 장흥으로 들어서면 처
음 만나는 마을이 유치면 송정리다. 송정리 못 미쳐 왼쪽에 보림사 이정표가 있다. 거
기서 2.5킬로미터 달리면 보림사에 이른다. 광주에서 화순 방면으로 나와 능주, 이양
을 거쳐가는 길도 계속 직진하는 길이므로 찾기가 쉽다. 전화 061-864-2055

살아 있는 부처를 무서워하라

유마사는 모후산의 심장 같은 절이다. 긴 잠에서 막 깨어난 모후산에 따뜻한 영혼을 불어넣고 있는 절이 바로 유마사인 것이다. 유마사를 찾아 지친 마음을 달래고 자신을 되돌아보는 이들이 점점 많아지고 있다고 한다. 모후산을 본거지로 한 물소리 바람소리가 길손들을 불러들이고 있기 때문이다.

연둣빛 신록이 물드는 유마사의 역사도 천년을 넘는다. 화순의 천년고찰 운주사, 쌍봉사 등과 어깨를 나란히 한다. 사람들은 유마사의 오랜 역사를 뒤늦게 알고는 새삼 놀란다. 전해지는 구전에 의하면 신라 말 도선국사가 나복산 혜련사惠蓮寺라고 개창하였고, 고려 때 유마운선사가 중창하면서 모후산 유마사라고 개명하였다는데, 일설에는 당나라 정관 원년에 유마운선사가 초창하였다고 전해지기도 한다. 이후 폐사됐다가 전라도 관찰사 김규홍金奎弘이 크게 중창하였으며, 조선 중기에는 경헌敬軒·경열敬

일장 스님 원력으로 회향된 호남 유일의 비구니 강원, 육화료의 복도

悅 선사가 중수하였다고 한다. 절을 중수한 지 50년 뒤에는 나한상을 조성한 가안可安선사가 주석하면서 선풍을 드날렸는데, 산내에 안정安靜, 사자獅子, 은적隱寂, 금릉金陵, 운성雲城, 오미五味, 남굴南窟, 동암東庵 등 여덟 암자가 있었다고 한다. 이후 조선 말과 일제강점기를 거치면서 사세가 급격히 쇠퇴하다가 6·25전쟁 중 전각과 당우 등이 전소하였고, 전쟁의 상흔이 가신 뒤 가람 한두 동을 복원하여 겨우 명맥을 유지하다가 수년 전에 일장日藏 비구니스님이 주지를 맡아 불사를 시작하여 지금의 사격을 갖추게됐다는 전언이다.

"동국대학교 강의를 나가면서 서울에 살 때 보성 방장스님께 '중이 산에서 살지 왜 서울에 있느냐'는 말씀을 듣고 유마사로 내려왔지요. 그때 유마사 방사는 창고 같았습니다. 그래서 적어도 공부하는 사람을 초청할 수 있을 정도의 절은 돼야 한다는 생각으로 불사를 시작했어요. 금생에 공덕을 쌓자는 마음으로 건평 150평의 강원인 육화료六和寮, 교수용 요사, 종각, 템플스테 이용 요사, 공양간, 다실용 요사, 보안루普安樓 등을 지었어요. 이제 마무리 단계로 대웅전만 지으면 됩니다."

일장 스님은 일본의 명문 릿쇼(立正)대학교에서 남악 혜사선사의 연구인 〈남악혜사의 수행도론〉으로, 공부한 지 10년 만에 한국인 처음으로 박사학위를 받았던 학승인데, 유마사 비구니 강원을 세계 최고 승가대학으로 키워가겠다는 것이 스님의 원력이란다.

상큼한 미나리 쌈으로 점심공양을 한 뒤 경내를 산책하는데,

몇 기의 부도가 눈길을 끈다. 해련부도(보물 제1116호)가 원형에 가장 가깝고, 범종 모양의 경헌선사부도, 가안선사부도가 이끼가 된 세월을 보듬고 있다.

제월천濟月泉과 큰 반석의 보안교普安橋에 얽힌 설화도 흥미를 끈다. 요동태수 유마운維摩雲은 나이 오십이 넘어 딸 보안普安을 갖는데, 부인은 산고로 죽지만 어린 아기 때 벌써 절의 주련을 읽을 정도로 총명한 딸 보안이 있어 외로움을 견딘다. 그러다 그는 친구인 진성주陳城主가 죽어 문상을 갔다가 딸이 말한 대로 관을 열어보고는 깜짝 놀라고 만다. 관 속에는 친구 대신 구렁이가 있었던 것이다. 집으로 돌아온 그는 딸에게 "친구가 구렁이로 변한 것은 백성을 괴롭히고 수탈한 업보 때문"이란 얘기를 듣게 된다. 결국 그는 자신의 허물을 참회하기 위해서는 불도를 닦는 방법밖에 없다는 것을 깨닫고 수행자가 되기로 결심한다. 자신의 모든 재산을 정리한 그는 수도修道에 전념하려면 중국 땅을 떠나 조선 땅으로 갈 수밖에 없다는 것을 알고 압록강을 건넌다. 그런데 강 가운데서 돌풍을 만나 배가 뒤집힌다. 그때 살려고 허우적거리던 유마운은 딸 보안이 물 한 방울 묻어 있지 않은 채 물 위에 떠 있는 모습을 본다. 유마운이 살려달라고 하자 딸이 아버지 상투 속에 숨겨둔 보석을 버리라고 말한다. 딸이 시킨 대로 하자 배가 다시 떠오른다. 유마운은 그때까지도 보안이 관음보살의 화신인 줄 모르고 있었던 것이다.

유마운이 딸을 데리고 정착한 곳은 모후산이었다. 비로소 유마운은 절을 짓고 딸과 함께 수행을 했다. 그러다가 유마운은 득도한 뒤 열반에 들었고, 보안은 주지가 되어 대중스님들과 함께 살았다. 그러던 어느 날 젊은 비구스님이 기도 염불하는 부전으로 들어왔다. 부전스님은 16세의 보안을 보더니 한눈에 반해버렸다.

보안은 부전스님의 삿된 마음을 바로잡아주려고 방편을 내었다. 모후산으로 함께 올라가 보안이 커다란 반석을 가리키며 부전스님에게 "저 돌을 들 수 있겠느냐"고 묻고, 만약 그렇게 할 수 있다면 "스님이 원하는 대로 하겠다"고 약속했다. 그러나 젊은 비구스님은 힘 한 번 쓰지 못했고, 보안은 큰 반석을 들고서 계곡 아래로 내려와 다리를 만들었다.

그래도 부전스님은 보안에게 미련을 버리지 못했다. 할 수 없이 보안은 밤중에 부전스님을 샘으로 데리고 가 "체로 달을 건져 올린다면 원하는 대로 하겠다"고 하였다. 역시 부전스님은 달을 건져 올리지 못했고, 보안은 달을 건져 올렸다. 그런데도 부전스님은 보안을 단념하지 못하고 상사병이 들었다.

보안은 마지막 방편을 썼다. 보안이 젊은 비구스님을 법당으로 불러들였다. 보안이 관음보살이 그려진 탱화를 떼어 법당 바닥에 깔고서는 "스님의 상사병을 낫게 하기 위해 몸을 허락하겠으니 이리 오세요" 하고 옷을 벗은 채 부전스님을 불렀다. 그러나 부전스님이 선뜻 옷을 벗지 못하고 망설이자, 보안이 큰 소리로 꾸짖었다. "너는 종이에 그린 부처는 무서워하면서 어찌 살아 있는 부처는 무서워하지 않느냐!" 하면서 법당 문밖으로 사라졌다. 부전스님이 놀라 바라보니 보안은 연꽃을 탄 백의관음으로 바뀌

보안보살이 상사병에 걸린 젊은 비구스님을 제도하였다는 설화의 전각

어 허공으로 사라지고 있었다. 그제야 부전스님은 자신의 삿된 망상을 홀연히 씻고 용맹정진하여 마침내 불도를 이루었다. 득도한 그는 비로소 절 이름을 유마운을 기리고자 유마사라 하고, 계곡에 걸친 바위를 보안교, 달을 건진 샘을 제월천이라 하여 자신의 구도행각을 사람들에게 알리며 교화를 폈다.

전설 따라 삼천리 같은 이야기지만 '종이에 그린 부처는 무서워하면서 살아 있는 부처는 무서워하지 않느냐!'는 구절에는 머리끝이 쭈뼛해질 사람들이 많을 것 같다. 유마사 산문을 나서면

절은 철학는 곳이다

서 문득 남악 혜사선사의 말씀을 떠올려본다.

'선이 없는 교는 문자법사요, 교가 없는 선은 암증선사다(無禪之教 文字法師 無教之禪 暗證禪師).'

살아 있는 부처가 되지 못한 문자법사와 암증선사의 허물을 지적하는 말씀이리라. 혜사 스님의 말씀이야말로 유마사 학인스님들의 좌우명이 아닐까 싶다.

◈ 가는 길

서울에서 갈 때는 호남고속도로에서 광주 나들목으로 나가 화순 방면으로 직진하다 구암삼거리에서 우회전한다. 거기서 벌교 방면으로 달리다 보면 주암호가 시작되는 지점에 왼편으로 '유마사 입구' 이정표가 나타난다. 이정표에서 유마사까지는 6킬로미터이다. 남해고속도로에서는 주암 송광사 나들목으로 나가 송광사 방면으로 직진, 다시 보성 방면으로 달리다가 서재필박사공원에서 광주 방면으로 달린다. 15번 국도로 10분 정도 달리면 오른편에 '유마사 입구' 표지판이 보인다. 전화 061-374-0050

묵은 대웅전이야말로 자연미인이다

올해 들어 처음으로 보는 목련 꽃이다. 꽃등이 켜진 듯 둘레가 환하다. 한자는 다르지만 목련木蓮을 보면 꼭 사리불존자와 우정을 나누었던 목련目連존자가 생각난다. 효성이 지극했던 목련존자가 도량 여기저기를 포행하며 웃고 있는 듯하다. 꽃의 개화도 사람의 웃음만큼이나 전염성이 강하다. 놀랍게도 몇 그루 목련의 개화가 도량 전체를 밝게 하고 있는 것이다.

목련을 보려고 옥천사에 온 느낌이다. 새벽에 눈을 뜨자마자 무언가가 나를 자극하여 옥천사를 떠올리게 했던 것이다. 머릿속에서 흐릿하게 어른거리던 것이 지금 눈앞에 있는 목련이었던 셈이다.

목련이 없었다면 300여 년 전에 지어진 자방루滋芳樓나 타악기의 일종인 임자명반자(옥천사 청동북, 보물 제495호)가 있는 보장각寶藏閣도 내 눈에는 그저 우람하게만 보였을지 모른다. 그러고 보

서로의 그림자에 의지하듯 어깨를 맞대고 있는 옥천사 가람들

면 꽃에는 과거의 역사나 사건을 현재로 불러오는 숙명통宿命通의 향기가 있는 것 같다.

신라 문무왕 16년(676)에 의상대사가 창건한 옥천사는 화엄십찰의 하나로 융성하다가, 고려 광종 때는 혜거국사가 주석했고, 조선시대에는 남해안의 큰 사찰들이 임진왜란을 전후해서 그러했듯 승군이 주둔하는 호국도량이 되었다. 왜군 선봉장 고니시 유키나가의 천주교군에 맞서 남해안의 여러 사찰 소속의 승군들이 이순신 장군 휘하에서 관군보다 더 맹활약을 펼쳤던 것이다.

그러나 임진왜란 초기에 뜻밖에도 승군과 의병에게 패했던 왜군은 정유재란 때 철저하게 보복을 한다. 그때 승군의 임시군막이었던 옥천사의 모든 전각과 당우들도 전소되고 만다. 이후 폐사가 된 터에 학명·의오 대사 등이 대웅전부터 중건하였는데, 그 중에서도 자방루는 임금의 명으로 주둔한 옥천사 승군의 숨결이 묻어 있는 누각이다. 정3품의 높은 벼슬을 제수받은 승장僧將이 자방루에 앉아서 훈련을 지휘하거나 비가 올 때는 승군을 교육시키는 실내교육장으로 활용했던 것이다.

현대에 이르러서는 해방과 6·25전쟁 전후로 설우, 인곡, 보문, 청담, 서옹, 혜암 등의 고승들이 머물렀던 참선도량으로 바뀌어 전국의 수좌들이 한두 철씩 둥지를 틀다가 거쳐 갔다.

자방루에 올라 단청이 퇴색한 대웅전을 한동안 바라본다. 고색이 창연하고 곰삭은 기둥과 서까래들이 마음을 편안하게 한다. 성형미인이 넘치는 세상에서 참으로 오랜만에 자연미인을 보는 느낌이다. 옥천사 대웅전만큼은 절대로 승속을 불문하고 업자業者의 손을 타게 해서는 안 될 것 같다. 묵은 대웅전에서 참배하는 마음은 각별하지 않을 수 없다. 저절로 부처님께 엎드려지고 신심이 솟구친다.

대웅전을 나와 옥천玉泉의 물맛에 미소 짓고 있는데 때마침 한 스님이 지나가시고 있다. 스님께 인사를 드리자 차를 한 잔 권한다. 옥천의 찻물로는 어떤 차 맛이 날까 하고 몹시 궁금하던 참이었다. 다인들은 이럴 때 '차가 고프다'라고 말한다. 차를 권한 스님은 옥천사 회주이신 봉래鳳來 스님이다.

차는 진성眞性 스님이 우렸다. 차 맛을 더 깊이 음미하려면 알고 마시는 것이 좋다. 아는 것만큼 맛을 느낄 수 있기 때문이다.

"연차입니다. 연잎은 따뜻한 성질이 있어서 녹차의 냉한 성질을 중화시켜줍니다. 그래서 그런지 많이 마셔도 탈이 나지 않습니다."

봉래 스님께서 자리를 함께해주신 것도 행운이다. 동행한 각안 스님이 진성 스님과 템플스테이에 대해서 얘기를 나누고 나자, 미소만 짓고 계시던 봉래 스님께서 말씀하신다.

"저는 1958년도에 이곳으로 출가하여 행자생활을 했어요. 그때 조실스님은 인곡 스님이었고, 저는 인곡 스님을 시봉했어요. 바로 저 방에서 인곡 조실스님께서 주석했지요."

스님 말씀 가운데 인곡 스님과 효봉 스님의 얘기가 연향처럼 가슴을 적신다. 효봉 스님이 옥천사에 와 "인곡 아우 계시는가" 하면, 인곡 스님이 "효봉 형님, 어서 오십시오" 하고 반갑게 맞이하고서는 밤새 얘기꽃을 피웠다는 것이다. 도道로 맺어진 두 분

옥천사 승군이 훈련했던 자방루(경상남도 유형문화재 제53호)

고승 간의 맑은 우정이 부럽기만 하다. "일타 스님께서도 인곡 스님을 가리켜 깜깜한 밤중에 자다가 만져봐도 수좌이셨다면서 근래 100년 내외에 인곡 큰스님처럼 정진 잘 하시고 훌륭한 스님은 일찍이 없었다고 말씀하셨습니다."

인곡 스님을 직접 시봉한 스님이기에 존경의 염이 더한 것 같다. 스님은 옥천사 홈페이지에 '친견하면 친견할수록, 모시고 살면 살수록 더욱 우러러 보이시어 일심으로 존경하게 되며 (……) 혜慧와 덕이 높은 큰스님을 어느 세상, 어느 생에서 다시 친견하여 탁월한 법력에 힘입어 생사일대사의 인연을 해결하겠습니까' 하고 술회하고 있는 것이다.

스님께서는 인곡 스님 말고도 오대산 도인 보문 스님의 인품에 대해서도 잊지 못하고 계신 듯하다. 내가 소설가라는 것을 이미 아신 듯 보문 스님의 연로한 제자들이 아직 살아 있으니 더 늦기 전에 자료를 모아 구도소설을 써보라고 권유하신다.

향을 싼 종이도 향기가 난다고 했던가. 천년고찰이 향기로운 것도 고승들이 머물렀던 덕화가 아닐까 싶다.

◆ 가는 길

서울에서 승용차를 이용할 경우에는 대전통영간 고속도로에서 서진주 방향으로 10킬로미터쯤 가다 연화산 나들목으로 나가 우회전한다. 1002번 도로를 2킬로미터 달리다 보면 영오면사거리가 나온다. 거기에서 1007번 도로를 타고 2킬로미터 지나면 옥천사 입구가 나오고, 다시 3킬로미터쯤 오르면 옥천사 일주문이 보인다. 부산이나 광주에서는 서진주 나들목으로 나가 대전·통영간 고속도로를 타고 연화산 나들목을 이용하면 된다. 전화 055-672-0100

선승들은 전쟁 중에도 구도를 멈추지 않았다

한국의 나폴리라고 불리는 통영 시가지를 지나 미래사로 가고 있는 중이다. 대전에서 통영까지 고속도로가 개통되어 미래사 가는 길은 편리해졌다. 통영은 산자락에 도시가 형성되어서 어디서나 바다의 전망이 좋고 모든 길은 바다로 나 있다. 또한 통영은 소설《토지》를 집필한 박경리 작가의 고향이기도 하다.

미래사는 통영 사람들이 즐겨 산행하는 미륵산에 자리하고 있다. 미래사가 창건된 것은 6·25전쟁과 관련이 깊다. 수도승들은 6·25전쟁 중에도 구도를 멈추지 않았다. 피난 중에도 총소리가 나지 않는 곳을 찾아가 둥지를 틀고 참선과 기도를 했다. 해인사 가야총림 방장이었던 효봉선사도 제자들을 데리고 부산 금정사로 옮겼다. 당시 부산의 절들은 피난 온 선객들로 붐볐다. 전사자들의 유골안치소가 된 범어사에도 동산선사가 조그만 선방을 개설했는데, 피난민 선방이라고 불릴 정도였던 것이다.

효봉선사를 모시기 위해 구산선사 등이 편백나무 숲 속에 지은 미래사 대웅전

삶과 죽음마저 무소유였던 법정 스님이 행자생활을 시작한 미래사의 연못

효봉선사는 금정사에서 해남 대흥사로 가기 위해 부산 선창에서 여수행 여객선을 탔다. 그러나 얼마 가지 못해 효봉선사와 제자들은 뱃멀미를 하여 통영에서 내리고 말았다. 그리하여 찾아간 곳이 미륵산 용화사였다. 마침 용화사 산내암자인 도솔암이 비어 있었으므로 용화사 주지의 허락을 받아 머물 수 있었다. 효봉선사는 6·25전쟁과 상관없이 도솔암 인법당에 '동방제일선원'을 열었다. 그러자 훗날 한국 불교의 기둥이 된 범용·경운·탄허·성수 스님 등이 도솔암으로 몰려들었다.

도솔암이 선객들로 비좁아진 탓에 효봉선사는 할 수 없이 용화사 뒤에 토굴을 하나 지어 물러났고, 마침내 용화사 반대편에 미래사를 짓기에 이르렀다. 미래사 절터는 구산이 자신의 상좌인 보성, 원명, 현호 등을 데리고 다니면서 점지했다. 그리고 절 주변의 편백나무 산림은 우여곡절 끝에 매입하게 되었는데, 그때 효봉선사는 선풍禪風이 감도는 절창의 〈미래사 상량문〉을 다음과 같이 썼다.

이 절을 세움이여!

뿌리 없는 나무를 베어서 대들보를 올리고, 그림자 없는 나무를 꺾어서 도리와 서까래를 걸며, 푸른 하늘과 흰 구름으로 기와를 삼고, 메아리 없는 골짜기의 진흙으로 장벽을 만들도다.

사방에 문이 없어 드나듦이 없지마는 시방 세계에서 모두 모여도 넓지도 않고 비좁지도 않도다.

청정한 부엌에서 밥을 지을 때에는 낟알이 없는 쌀로 짓고 국을 끓일 때에는 흰 쇠고기를 삶도다.

잿밥을 먹을 때에는 낟알 없는 밥을 먹고, 흰 쇠고기 국을 마시며, 공양을 마치고는 조주趙州의 차를 마시고 운문雲門의 떡을 먹도다.

법당을 돌 때에는 줄이 없는 거문고를 타고 구멍이 없는 젓대를 부나니, 그 가락마다 고라니와 사슴이 모여와 기뻐하고 봉황이 날아와 춤을 추도다.

선실에 있을 때는 올 없는 옷을 입고 허공을 향해 앉아 문수文殊의 눈을 후벼내고 보현普賢의 정강이를 쪼개며 유마維摩의 자리를 부수고 가섭의 옷을 불사르도다.

이렇게 해야 그것이 이른바 납자의 일상생활이니 이 절에 있는 이로서 이같이 하면 좋겠거니와 그렇지 못하면 신명을 잃을 것이니 어찌 삼가지 않을 것인가!

미래사 초대주지는 구산 스님, 원주는 원명 스님이 맡았다. 법정 스님이 행자생활을 한 것은 바로 그 무렵이었다. 미래사의 산내암자 격인 토굴에서 행자 법정은 효봉선사를 모시고 살았던 것이다. 효봉선사는 행자 법정의 맑은 눈빛을 볼 때마다 격려했다.

"동서양에는 수많은 종교가 있는 줄 알 것이다. 허나 절대자에게 의지하지 않고 스스로 계, 정, 혜, 삼학을 닦아 생사해탈하는 종교는 불교밖에 없느니라. 대근기는 참선 정진하는 수좌 노릇하고, 중근기는 경을 가르치는 강사 노릇하고, 하근기는 기도나 염불해 절밥 얻어먹고 사는 목탁귀신 노릇 하느니라."

행자 법정의 일이란 날마다 나무를 두 짐씩 하고, 물 긷고, 밥 하는 것이 전부였다. 태풍이 지나간 뒤 산길이 허물어지면 괭이를 들고 나가 하루 종일 길을 고치는 것이 법정의 일이었다. 도道란 길을 되찾는 것과 다르지 않았다. 효봉선사와 살던 토굴은 없어졌지만 우물만은 남아 법정 스님의 숨결을 느낄 수 있다는 것이 그나마 다행인 것 같다.

마침 공양시간이어서 공양을 하고 나오자 주지 여진 스님이 종무소에서 기다리고 있다. 보이차 향이 종무소 방에 은은하다.

"이 차는 편백나무 숲에 3개월 이상 숙성시킨 것입니다. 지금도 미래사 편백나무 숲에 보이차를 묻어놓았지요."

보이차에서 편백나무 향이 난다. 여진 스님은 원명 스님의 손
상좌라고 한다. 사회복지법인 '만월'의 관장이기도 한데, 노인복
지에 관심이 많은 스님이다. 스님이 노인요양시설을 구경시켜준
다기에 따라나선다. 호텔처럼 지은 건물은 미래사 뒤편 바다가
보이는 곳에 자리하고 있다. 복도와 서비스 룸마다 고승들의 선
화와 선필, 그리고 지역 작가들의 작품들이 가득 차 있다. 스님
은 노인요양건물을 갤러리처럼 운영하고 싶다는데, 특히 혜암 스
님의 고목재생화古木再生花란 선필이 눈길을 끈다. 강원시절에 혜
암 스님이 써준 선필이라고 한다. 혜암 스님의 글을 보니 여진 스
님의 미래를 내다보고 써주신 것 같다.

선어의 깊은 뜻을 전혀 모르는 바 아니지만 건강을 되찾기 위
해 시설에 들어온 노인들과 어울리는 글씨 같기 때문이다. '고목
이 다시 살아나 꽃이 핀다'는 뜻이니 그러지 아니한가. 물론 화
두인 선어이니 더 이상 머리로 헤아려서는 안 될 것이다. 미래사
를 나서는데 여진 스님이 연못가에서 나뭇잎 하나를 따더니 향
기를 맡아보라고 권한다. 월계수 나뭇잎이라고 한다. 마치 차나
무과에 속한 산다화山茶花 나뭇잎 같다.

◆ 가는 길

서울에서 승용차로 갈 경우, 대전통영간 고속도로를 이용하면 된다. 통영 시내에서 충
렬사 가는 길로 직진해 가다가 충무교를 지나 산양읍 방면으로 10분 정도 가면 산양
읍 영운리가 나온다. 그 마을에서 돌로 세운 미래사 이정표를 보고 좌측 산길로 조금
달리면 미래사 산문 앞 주차장에 다다른다. 전화 055-645-5324

제사는 정성으로 지낸다

전설이 있는 절은 삭막하지가 않다. 전설은 사람들에게 불심을 싹틔워주기도 한다. 지리산 토끼봉에 자리한 칠불사의 창건 전설도 마찬가지다. 101년에 가락국 일곱 왕자가 암자를 짓고 수행하다가 103년 8월 보름날에 성불했다는 것이 전설의 줄거리다. 일곱 왕자를 성불시킨 보옥선사는 거문고의 명인이었으며, 신라 경덕왕 때는 옥보고가 입산해 50년간 30곡의 거문고곡을 지었다고 전해진다.

칠불사의 중심은 아자방亞字房이다. 운공선사가 축조했다고 하며《세계건축대사전》에 기록되어 있을 만큼 독특한 구조의 선방이다. 혜암 큰스님의 일대기인《가야산 정진불》을 집필할 때 취재차 와서 뒷문으로 몰래 들어가 방을 엿본 적이 있는데 정사각형에 가까운 넉넉한 느낌의 건물이다. 서산대사를 비롯해 수많은 고승이 거쳐 간 선방으로 유명한데, 현재는 유리문을 통해 일반인들에게 공개하고 있다.

아자방의 온돌도 이야깃거리다. 신라 때 금관가야에서 온 구들도사 담공선사가 만든 온돌로 한 번 불을 들이면 49일 동안 온기가 가시지 않는다고 한다. 아자방 온돌에도 동자승에 얽힌 전설이 하나 있지만 오늘은 송광사 선원장 현묵 스님이 전해준 얘기만 하려고 한다.

칠불사 운상선원에서 정진하셨던 현묵 스님의 경험담인데, 나는 스님의 말씀을 듣고 제사를 지내는 내 마음가짐을 바꾼 바 있다. 조선시대 때 선비 김장생이 '제사는 정성으로 지낸다'고 말한 바도 있다. 해제철이 되어 스님들이 다 만행을 떠나고 현묵 스님 혼자서 칠불사 운상선원을 지키고 있던 어느 날이었다. 진주 출신인 법당보살이 급히 현묵 스님을 찾아와 말했다.

"스님, 일가 되는 분 가족이 절에 와 있는데 한번 만나주시겠습니까. 진주에 사는 교장선생님 가족입니다."

보살이 절로 내려가는 도중에 자초지종을 얘기했다. 아침에 대학 다니는 교장의 딸이 갑자기 꿈에 할아버지를 보았다고 하면서 할아버지 목소리로 변해 아버지에게 호통을 쳤다는 것이었다. 평소 이루지 못할 사랑 때문에 심신이 몹시 허약해진 딸이었는데 더욱 이상하고 실성한 것 같았다고 했다.

고민하던 끝에 독실한 불자인 교장은 세 군데 절을 들러 기도하면 딸의 마음이 좀 편해질까 싶어 아내와 함께 서둘러 집을 나섰다. 일가 중 한 사람이 법당보살이 되어 절에 살고 있는 칠불사는 진주의 어느 절과 쌍계사에 이어 세 번째로 들렀다.

가락국 일곱 왕자가 수도한 칠불사 전경

현묵 스님은 교장의 딸을 보자마자 가까이 오게 했다. 그러자 멀쩡하게 생긴 딸이 스님에게 합장하더니 공손하게 말했다.

"스님, 공부하시는 데 폐를 끼쳐 죄송합니다."

현묵 스님은 선승으로서 처음 겪는 일이었지만 호기심이 나서 물었다.

"할아버지를 꿈에 보았느냐."

"네."

"지금 할아버지를 다시 만날 수 있느냐."

고개를 끄덕인 딸이 머리를 천천히 세 번을 돌렸다. 그러자 딸의 음성이 할아버지 목소리로 변했고, 아버지를 보더니 또다시 호통을 쳤다.

"상일아, 네 이놈! 제사도 안 지내고 성묘도 안 하다니!"

상일은 아버지의 이름이었다. 교장이 딸의 호통에 쩔쩔맸다. 스님은 교장에게 딸의 몸에 할아버지 혼이 들어온 듯하니 "아버지 잘못했습니다" 하고 빌게 했다. 그러고 나서 교장에게 야단을 맞는 이유가 뭐냐고 물으니 '아버지 제사'를 지내지 않게 된 사연을 고백했다.

아내가 교회를 다니면서 제사 지내는 것을 꺼려 하여 어머니 제사를 지내는 약국 동생 부부에게 명절과 기일에 10만 원씩을 보내기로 하고 아버지 제사까지 맡겨버렸다는 것이었다. 얘기를 듣고 난 스님이 교장의 아내에게 말했다.

"보살님 때문에 이런 일이 생겼습니다. 어서 용서를 빌고 제사를 다시 지내겠다고 말씀하세요."

《세계대건축사전》에 수록된 아자방 건물

교장의 아내는 정신이 이상해진 딸이 정상으로 돌아올까 싶어 스님이 시키는 대로 했다.

"아버님 죄송합니다. 제사 지내겠습니다. 용서하세요."

그제야 스님은 교장의 딸에게 할아버지를 다시 불러달라고 했다. 그런데 마침 문수전에서 사미승이 예불을 드리려고 목탁을 치며《천수경》을 외고 있었다. 할아버지의 혼과 접신하려던 교장의 딸이 목탁소리와《천수경》때문에 혼이 들어오지 않는다고 장애를 호소했다. 현묵 스님은 목탁소리와《천수경》외는 염불소리가 들리지 않는 방으로 가서 교장의 딸에게 할아버지를 불러달라고 부탁한 뒤 말했다.

"앞으로는 제사를 잘 지낸다고 하니 손녀 몸에 들어오지 마시고 잘 가시오."

교장의 딸이 또다시 할아버지 목소리로 말했다.

"안 오겠소. 난들 손녀를 괴롭히고 싶겠소."

법당보살이 포도즙을 내왔다. 다들 마시는데 딸은 붉은색이라 그런지 마시지 않았다. 붉은 빛깔을 싫어하는 할아버지 혼이 딸의 몸속에서 아직 빠져 나가기 전이기 때문이었다. 잠시 후 정신이 든 교장의 딸이 아버지와 어머니에게 사과하면서 몸이 약해지면 할아버지 혼이 자신을 찾는다고 말했다. 선승의 길만 걸어왔기에 염불이나 기도, 재 등은 경원시해왔던 현묵 스님도 교장부부에게 감사의 말을 했다.

"저도 귀신이 목탁소리와《천수경》외는 소리와 붉은색을 싫어하는지 오늘 처음 알았습니다. 천도재를 지내주면 딸의 건강에도 좋을 것 같으니 아무 절에서라도 지내주십시오."

칠불사를 아침 일찍 잘 왔다는 생각이 든다. 하늘은 푸르고 목련이 흐드러지게 피어 있다. 이런 날 하필이면 제사 이야기를 떠올리느냐고 의아해할 분이 있을지 모르겠다. 그러나 들은 얘기도 글로 남기지 않으면 사라지고 마는 법이다. 기억한다 해도 굴절이 되고 만다. 정확하게 남기기 위해서 현묵 스님의 제사 얘기를 했으니 양해를 바랄 뿐이다. 믿든지, 믿지 않든지 그것은 글을 읽는 독자 분들의 몫이라고 생각하고, 어떻게 받아들이든 나는 독자 분들의 의견을 존중하려고 한다.

경내를 한 바퀴 돌면서 내려서는데 까마귀 한 마리가 나타나 갑자기 발걸음을 붙잡는다. 큰 소리로 우짖는다. 나는 문득 '까마귀 소리를 듣는 나는 누구인가' 하고 물으며 찻잎의 신록이 번져가는 화개 골짜기에 눈길을 던진다.

◆ 가는 길

서울에서 승용차를 이용할 경우, 대전통영간 고속도로를 이용하여 서진주 나들목에서 남해고속도로로 나간 뒤 하동 나들목에서 구례 방면으로 달리다 보면 화개장터가 나온다. 거기에서 직진하면 쌍계사 입구가 나오고 다시 20리쯤 오르면 칠불사에 도착한다. 전화 055-883-1869

모국어를 사랑한 서포의 혼을 만나다

우리나라 3대 지장기도 도량인 용문사 경내로 들어서자 갑자기 많은 사람들이 보인다. 봉서루까지 다가가서 보니 행사를 치르는 중이다. 행사는 '서포 김만중 선생 추모제'다.《구운몽》의 작가 서포 김만중(1637~1692) 선생은 용문사와 무슨 관계가 있을까. 주지스님을 만나 물어보고 싶지만 스님은 봉서루 안에서 추모제 봉행을 주관하고 있다. 할 수 없이 나는 봉서루 툇마루에 앉아 차밭을 배경으로 점잖게 앉아 있는 대웅전을 바라보며 잠시 상념에 잠긴다. 남해안 법당들의 공통점이기도 하지만 조선 후기의 격조 있는 건축물이 아닌가 싶다. 사진작가 주명덕 선생은 카메라 렌즈 속에서 가장 아름다운 절이 남해 용문사라고 극찬한 바 있다.

툇마루의 고마움이 새삼스럽다. 툇마루는 인간과 자연을 연결시켜주는 징검다리와 같은 것이다. 툇마루에 앉아보니 자연 속에 있는 것이나 진배없다. 절이 아름다운 것은 자연을 거스르지 않기 때문이다. 절의 건축물들이 세월의 비바람에 삭아 자연의 일부가 되어 있는 것이다.

원효대사가 남해 금산에 보광사普光寺를 짓고 난 뒤 남해불교가 태동됐다고 한다. 이후 보광사는 현종 2년(1662)에 학진대사學進大師가 현재의 호구산 산자락으로 옮겨 지었다고 하는데, 임진왜란 때는 승군이 주둔하여 한때 수국사守國寺라고 불렸다.

봉서루에서는 아직도 서포 선생의 추모제가 진행 중이다. 문득 한문을 타국지언他國之言으로 보고 국문가사 예찬론을 주창했던 서포 선생의 한마디가 떠오른다.

"우리말을 버리고 다른 나라의 말을 통해 시문을 짓는다면 이는 앵무새가 사람의 말을 하는 것과 같다."

자기 과시를 위해 외국어를 남용하는, 이른바 먹물들이 새겨들어야 할 죽비의 소리 같다. 사대주의가 극성을 부리던 3백여 년 전에 모국어를 사랑한 조선 선비가 있었다니 놀랍지 않은가!

서포 선생은 남해 노도櫓島에서 3년간 유배생활을 하는데, 그 사이에 《구운몽》과 《사씨남정기》를 집필했다. 예조참의와 대사헌, 대제학을 지낸 그가 1690년에 임금인 숙종이 정비인 인현왕후를 폐비시키고 장희빈을 세우려 하자 이를 반대하다가 남해와 제주도, 거제도, 진도 등으로 유배를 당했던 것이다.

《금강경》이 무르녹아 있는 《구운몽》에는 등장인물로 천축(인도)의 수행자가 나온다. 육관대사, 육여화상이 바로 그다. 불법을 전하기 위해 중국으로 간 그는 제자에게 '성性의 진眞', 즉 마음

우리나라 3대 지장기도 도량인 남해 용문사 전경

의 진상眞相인 무주상의 지혜를 깨닫게 한다. 인연 따라 상이 윤회 전생한다는 불법이 담긴《구운몽》은 모친을 위로하기 위한 사모곡이 흐르고 있다. 유배 중인 불효자의 절절한 마음이 배어 있는 것이다.

《사씨남정기》역시 서포의 불교관이 담겨 있는 작품이다. 작품 속의 주요 인물들이 위기를 겪을 때마다 관세음보살이 그들을 구원하고 있기 때문이다.

행사가 끝났는지 사람들이 우르르 몰려 나와 대웅전 앞에서 기념사진을 찍는다. 그제야 나는 대웅전으로 들어가 참배를 한다. 대웅전 부처님이 낯익은 이웃집 아저씨 같다. 마을에 일이 생기면 문제를 지혜롭게 해결해주는 그런 아저씨 말이다. 그런가 하면 명부전의 지장보살님은 넉넉하게 생긴 삼촌 같고, 용화전의 미륵부처님은 욕심 없는 할아버지 같다. 그러고 보니 마을의 대표쯤 되는 마음씨 고운 분들이 각 법당에 앉아 계시는 듯하다. 이윽고 성전 주지스님을 뵙는다. 스님은 차를 우려내는 동안 해맑은 미소를 짓는다.

"불법이 좋아서라기보다는 산이 좋아서 출가했던 것 같습니다. 자연 속에 있으면 마음이 편안합니다. 새벽예불 때도 저는 법당의 부처님보다 먼저 별을 보고 합장합니다."

내가 얘기 중에 승군에 대한 기록이 있느냐고 묻자 아쉬운 듯 고개를 젓는다.

"아무것도 없습니다. 승장이나 승병이 임진왜란 때 주둔했을 텐데 안타깝게도 기록이 전무합니다. 고성 운흥사에 가면 자료

조선 후기의 격조 있는 건축양식을 보여주는 용문사 대웅전

가 좀 있다고 합니다."

 "오늘 용문사와 서포 선생과의 관계를 법문하셨다고 들었습니다만 근거가 있는 얘기입니까."

 "서포 선생은 윤회나 관음신앙 등에 관심이 깊었던 분입니다. 유학자이지만 서포거사라고 불린 것은 그 때문일 것입니다. 남해 상주 노도에서 유배생활을 하셨는데 아마도 고찰인 용문사에 들르시지 않았을까 짐작해봅니다. 그래서 그 인연으로 우리 절에서 제4회 서포 김만중 선생 318주기 추모제를 개최한 것입니다."

 추모제를 지낼 때마다 남해역사연구회, 광산 김씨 남해 문중, 서포 연구자, 용문사 템플스테이 참석자 등 100여 명의 대중이 참여한다고 한다. 서포는 비록 유배지 노도에서 1692년에 죽었지만 불심이 깃든 그의 사상과 모국어를 사랑한 그의 정신이 오늘에야 다시 부활하여 뜻있는 사람들로부터 재조명받고 있지 않나 싶다. 내가 차 한 잔으로 부처가 된 김지장 스님의 일대기를 다룬 장편소설《소설 김지장》을 선물하자, 스님께서는 하동 화개에서 만든 발효차 한 봉지를 내미신다. 스님의 티 없는 미소가 오래도록 잊히지 않을 것 같다.

◈ 가 는 길

광주에서 갈 때는 남해고속도로를 타고 하동 나들목으로 나가야 하고 부산이나 대구에서 갈 때는 남해 나들목에서 남해대교로 가야 한다. 남해대교에서 용문사 입구(이동면 용소마을)까지는 승용차로 40여 분 걸린다. 남해대교에서 계속 직진하다 보면 남해읍을 지나 앵강삼거리가 나온다. 앵강삼거리에서 우회전하여 5분 정도 달리면 용문사 입구에 다다른다. 전화 055-862-4425

망운산 화방사

믿음이 충만하면 성취를 얻는다

남해에서 가장 높은 산은 망운산이다. 망운산을 몇 번 올라가 망운암에는 가보았지만 이상하게도 화방사는 스치기만 했다. 지 지난해 초파일 전날 망운암에 올라 선화禪畵에 대해서 강연한 적 도 있었는데, 그때 연예인 여운계 씨와 선우용녀 씨가 대중들 틈 에 섞여 강연을 들었던 것이 기억난다.

화방사 가는 길도 입구까지 잘 닦여 있는데 왜 지금까지 인연 이 닿지 않았는지 기묘한 느낌이 든다. 화방사 일주문에 들어서 도 그런 상념에 잠겨 산책하듯 걷고 있다. '망운산 화방사望雲山 花芳寺'라는 일주문 편액의 글씨가 힘차다. 작고한 여초 김응현 선 생의 글씨 같다. 선생의 글씨를 서울 인사동에서 많이 보아선지 낯설지 않다.

화방사 창건은 신라시대로 거슬러 올라간다. 신문왕 때 원효 대사가 창건하여 처음에는 연죽사煙竹寺라고 불렀다고 한다. '연죽'은 담뱃대를 가리키는 말인데 절 이름치고는 좀 생뚱맞다. 고려 중기에 진각국사 혜심 스님이 중창하여 영장사靈藏寺라고 개칭하는데 비로소 절 분위기를 풍긴다. 이후 이곳의 절 역시 임진왜란 때 승병들의 주둔지로 이용되다가 전소가 되고, 인조 14년 (1636)에 계원戒元·영철靈哲 선사가 현재의 자리로 절을 옮겨 지으면서 화방사라고 하였다고 전해진다. 영·정조 때 절의 중창이 더 이루어져 비로소 금산 보리암, 호구산 용문사와 더불어 남해 3대 사찰의 격을 갖추게 되었는데, 당시 불사를 총지휘한 스님은 가직嘉直선사였다고 한다.

초파일이 다가오고 있어 그런지 연등이 나뭇가지에 걸려 꽃처럼 화려하다. 화방사라는 절 이름과 연등이 너무 잘 어울린다. 채진루(採眞樓, 경상남도 유형문화재 제152호)를 돌아 오르며 누각의 이름에 흥미를 느낀다. 직역하자면 '진리를 캐는 누각'이다. 고요히 앉아서 진리를 궁구한다는 말보다 나물을 캐듯 진리를 접한다고 하니 생동감이 더하다.

내가 채진루에 관심을 보이는 이유는 따로 있다. 누각에 보관되고 있는 이충무공비문목판李忠武公碑文木版 때문이다. 1981년 대화재로 원본은 불타버렸기 때문에 새로 만든 것이지만 그 과정의 사연을 언젠가 들었던 것이다.

사연은 1976년 당시 경남문화재위원이었던 김무조 박사로부터 시작된다. 그가 화방사 법당 뒤 창고에서 목판들을 발견했던 것이다. 대문장가 송시열이 쓴 남해 충렬사 이충무공비문을 목판으로 만든 것이었다. 김 박사는 한 장 한 장 탁본을 했다. 총 13장인데

나뭇가지에 걸린 연등이 꽃처럼 아름답다

이충무공의 제사를 지내온 망운산 화방사

사라진 2장은 일제강점기 때 어느 조리사가 일본 식당에서 도마로 썼다는 소문이 마을에 돌았다.

불행하게도 남은 11장의 목판마저 1981년 화재 때 다 타버리지만 다행히 김 박사가 탁본해둔 것이 있어서 복원만은 가능하게 된다. 그런데 왜 충렬사의 이충무공 비문이 목판으로 판각되어 화방사에 전해져 왔던 것일까.

그 이유는 현재 화방사가 보관하고 있는 고문서인 《완문절목》을 보면 그 의문이 해소된다. 완문完文이란 조선시대 때 관청에서 발급하는 문서인데 거기에 증명이나 허가, 명령 등이 다 기재되어 있는 것이다. 완문을 보면 나라의 명으로 화방사 스님 11명이 교대로 충렬사의 향화香火를 이어가라는 내용이 나와 있다. 충렬사를 유지하기 위해 전답을 화방사에 보시하라는 내용도 있다. 망운산을 봉산封山으로 지정하여 산의 수목은 충렬사를 관리하는 목적 이외에는 사용하지 못하도록 금지하는 내용도 있는데, 이 모든 것을 종합해보건대 화방사와 충렬사와의 밀접한 관계를 짐작해볼 수 있는 것이다.

《완문절목》몇 책 역시도 미국의 골동품가게에 팔려 나갔다가 재미교포 정세채 씨가 사들여 문화공보부에 보낸 결과 마침내 화방사로 돌아오게 됐다고 한다. 문화재를 사랑하는 사람들이 있기에 화방사의 문화재가 복원되고 유지되고 있다는 사실이 그저 고마울 뿐이다. 절에서는 어떤 식으로든 그분들의 공덕을 잊지 말아야 할 것 같다. 새로운 불상과 탑을 조성하는 것도 중요하지만 그분들이야말로 살아 있는 절의 외호신장이 아닌가.

새로 조성한 약사여래부처님 위에 있는 삼성각 자리가 의외로 편안하다. 마침 앉아 사색할 수 있는 자리도 있어 한동안 무심無心으로 돌아가본다. 약사여래부처님의 어깨와 등이 믿음직하다. 신득급信得及이란 말이 떠오른다. 자기 안에 믿음이 충만하면 성취를 얻는다는 말이다. 그렇다. 성취는 자작자수自作自受, 부처님이란 방편을 통하여 내가 짓고 내가 받는 것이 불가佛家의 문법이다.

화방사 주변에 자생하는 천연기념물인 산닥나무는 다시 한 번 기회를 만들어 살펴보고 싶다. 고문서에 의하면 화방사의 산닥나무로 만든 한지가 전국의 주요 관청에 배부되었다고 하고, 팔만대장경이 남해에서도 판각되었다고 추정하는 것은 화방사가 한지의 생산지였기 때문이 아닐까 싶다.

◈ 가는 길

광주에서 갈 때는 남해고속도로에서 하동 나들목으로 나가고 부산이나 대구에서 갈 때는 진교 나들목으로 나가서 남해대교를 지나 8킬로미터쯤 가면 화방사 첫 이정표가 나온다. 거기에서 우회전하여 4킬로미터쯤 달리다 보면 갈화리가 나오고, 다시 계속 가면 정포마을에 이어 화방사 이정표가 나온다. 좌회전하여 산길을 오르면 화방사 입구 주차장이 나온다. 전화 055-863-5011

108도인의 숨결이 스민 도량을 거닐다

지리산 칠선계곡 초입에 자리한 벽송사를 떠올릴 때마다 나는 혜암 스님의 상좌 정견 스님을 떠올리곤 한다. 스님은 벽송사 아랫마을에서 태어나 소년시절을 보낸 뒤 출가한 이후 지리산의 선방만 고집해서 정진하시는 분이다. 또 한 분은 주지 소임을 내놓고 떠난 월암 스님이다. 나는 오래전에 월암 스님을 중국에서 처음 만나 지장성지인 안휘성 구화산을 함께 순례했는데, 그때 스님은 베이징의 어느 대학에서 선불교를 주제로 박사과정을 공부하고 있었던 것이다.

불법에 대한 이해가 깊어야 발심도 잘하고 수행하는 과정을 행복하게 여긴다는 말이 있다. 그런 의미에서 월암 스님은 수행자로서 행복의 충분조건을 갖춘 분이라고 여겨진다. 더구나 스님은 세속의 즐거움까지 속되다 하여 내치지 않고 타산지석으로 삼는 여유도 있다. 한번은 경주 남산 칠불암으로 찾아가 한 방에

선객들이 참회기도하는 벽송사 법당인 원통전

서 하룻밤을 묵게 되었는데, 스님이 사극 〈대장금〉을 봐야겠다며 누워 있는 나에게 양해를 구했다. 지금도 그때를 생각하면 미소가 지어진다.

정견 스님이 미리 와 기다리고 있다. 스님은 언제나 한결같다. 선객이지만 칼칼하지 않고 산골의 촌부처럼 소박한 모습이다. 나를 만나기 위해 도솔암에서 막 내려오신 길이라고 한다. 스님은 한때 벽송사 선원의 선원장으로 계셨는데 지금은 백장암 선방에서 정진하다가 해제철이 되면 도솔암으로 올라가 머무신다고 한다. 스님은 수좌답게 벽송사 선원 얘기부터 하신다.

"벽송사 선방은 열 명 정도가 정진하기에 딱 좋습니다. 제가 경험한 바로는 날마다 새로운 기운을 주는 선방입니다. 그래서 벽송사 선방은 지루하지 않습니다. 선객들이 서로 한 철만이라도 나려고 하지요."

선원 안은 해제철이라 비어 있다. 각자 소임을 적은 지난 철의 용상방이 그대로 붙어 있고, 좌복은 한쪽에 쌓여 있다. 이 공간이 바로 청허淸虛 휴정休靜(서산대사, 1520~1604) 스님이 좌선삼매에 들었던 곳이다.

벽송사는 조선 중종 20년(1520)에 벽송碧松 지엄智儼 스님이 중창하여 벽송사라 했으며, 지엄 스님의 제자이자 한국 선불교의 양대 산맥인 청허 휴정 스님과 부휴浮休 선수善修(1543~1615) 스님이 주석함으로써 더욱 명성을 떨쳤던 선찰이다. 이후 부용芙蓉 영관靈觀(1485~1571) 스님 등 선교에 달통한 대종장을 108명이나 배출한 곳으로 가히 한국 선불교의 본향이라 해도 손색이 없으며, 대한제국 말기에는 지리산의 마지막 도인으로 불리던 서룡瑞龍 상민祥玟 스님의 생사해탈 이야기가 선객들 사이에 구전으로 전해지고 있다.

고종 27년(1890) 12월 27일의 일이었다. 상민 스님이 문도를 불러 입적할 것을 알렸으나 제자들이 그믐날이어서 바쁘다고 하자, 스님은 자신의 입적을 정월 초이튿날로 미루었다. 그러나 또다시 제자들이 정초 불공하는 신도들이 많다고 하자 스님은 이틀을 더 기다리더니 초나흗날에 "이제 가도 되겠느냐"고 물은 뒤 대답이 없자 생사해탈하는 법문을 했다.

"생사를 해탈하려면 먼저 생사가 없는 이치를 알아야 하고(知無生死), 둘째는 생사가 없는 이치를 증득해야 하고(證無生死), 셋째는 생사가 없는 것을 활용할 줄 알아야 하느니라(用無生死)."

정견 스님이 앞서 걸으며 말했다.

"어린 시절에 와보면 절은 큰 인법당과 당우 한두 채가 전부였는데, 6·25 때 빨치산의 야전병원으로 이용되다가 대부분 전소됐습니다."

이후 삼층석탑(보물 제474호)만 남아 폐사가 되다시피 한 절에 금니사경의 대가 원웅 스님이 주석하면서 복원의 기초가 닦여졌고, 몇 년 전에는 월암 스님이 주지를 맡으면서 안국선원 선원장 수불 스님의 재정 지원을 받아 두 채의 선방과 당우를 짓는 등 중창불사를 마쳤다고 한다.

수불 스님이 생면부지의 월암 스님을 도운 이야기도 훗날에는 전설이 될 법하다. 월암 스님이 자신의 저서《간화정로》를 수불 스님에게 보낸 데서부터 사연은 시작된다. 어느 날 수불 스님은 책을 보내준 월암 스님이 머무는 벽송사로 찾아가게 된다. 스님은 벽송사의 법당인 원통전을 지나 왼편 길로 올라 두 그루의 잘생긴 소나무를 보고 감탄한다. 한 그루는 도인송道人松, 또 한 그루는 미인송美人松이라고 부르는 소나무였다. 스님은 삼층석탑을 등진 채 칠선계곡 너머의 지리산을 바라보았다. 순간 놀라지 않을 수 없었다. 20여 년 전 꿈에서 보았던 전생의 산세와 똑같았다. 그렇다면 벽송사는 자신이 전생에 수행했던 도량임이 분명했다.

수불 스님은 주지실로 내려가서 월암 스님을 만나 차를 마셨다. 월암 스님은 같은 문도도 아니고 강원이나 선방 후배도 아니었다. 금생에서는 초면이었다. 월암 스님이 선교를 겸수하는 선회禪會를 복원하겠다고 다담茶談 중에 꺼냈다. 그러면서 선방과 요사의 중창 설계도를 보여주었다. 수불 스님은 그 자리에서 20억 원을 모금하여 지원하겠다고 얘기하고는 돌아와 몇 개월 후에 약속을 지켜 세상 사람들을 감탄케 했다. 스님과 안국선원 신도들의 지원은 아무런 조건이 붙지 않는 보시였기 때문이었다.

정견 스님이 미인송 앞에 서서 합장을 하고 있다. 중학생 때 보았던 모습과 조금도 다르지 않다고 하니 우러르는 마음이 들 수밖에 없을 것 같다.

경내를 한 바퀴 돌고 나서 절을 떠날 무렵에야 법준 주지스님을 만난다. 내 책에다 서명을 해서 드리자 벽송사를 잘 안내해달라는 부탁을 잊지 않는다.

도인송 너머로 보이는 벽송사 전경과 지리산 산자락

"벽송사는 볼 것이 없는 절입니다. 그러나 생각할 거리는 많습니다. 한국 선불교의 요람이자 종가宗家라고 할 수 있지요. 벽송사의 역사성을 봐야 합니다. 108명의 조사스님을 배출한 행화도량이니까요."

지나간 역사뿐만 아니라 앞으로도 경내를 가득 메운 초파일 연등만큼이나 눈 밝은 수행자들이 많이 나와 어둔 세상을 환히 비추었으면 하는 바람을 안고 벽송사 산문을 나선다.

◆ 가는 길

서울이나 대구에서 승용차로 출발할 경우에는 88고속도로로 들어가 남원 나들목에서 함양 방면으로 직진해 달리다 보면 마천에 이른다. 마천에서 벽송사까지는 10분 거리다. 버스는 동서울터미널에서 마천행을 타면 되고, 부산에서는 사상터미널에서 아침 7시부터 오후 5시까지 2시간 간격으로 마천까지 운행되고 있다. 전화 055-962-5661

지리산 자목련은 늦봄에야
꽃망울을 터트리네

승용차 한 대가 겨우 갈 수 있는 오르막 산길이다. 사륜구동
의 차로 운전을 해주는 스님의 말씀이 재미있다. 영원사靈源寺 가
는 산길에서 가장 부담스럽고 무서운 일은 자동차끼리 마주치는
것이라고 한다. 지리산에서만 사시는 스님의 말씀이니 더욱 실감
이 간다. 물론 한자는 다르지만 끝없이 비상하는 영원永遠의 산
길 같다.

산모퉁이를 몇 번이나 돌자, 그제야 예전에 두어 번 왔었던 기
억과 감각이 살아난다. 상무주암과 도솔암 가는 산길 입구가 어
렴풋이 느껴진다. 영원사는 계속 더 직진해야 한다. 해발 920미
터쯤 돼서 그런지 산길도 탈속한 느낌이다. 깊은 산중의 산길에
는 사람의 그림자보다는 다람쥐나 노루가 더 많이 어른거린다.

영원사는 신라 경문왕 때 영원靈源 스님이 개창했다고 전해진
다. 스님은 금강산 영원사에서 전생 때 상좌였던 지오智悟 스님

지리산을 지키는 두 산승, 대일 노스님과 정견 스님

의 가르침을 받아 숙명통을 얻은 뒤 지견知見이 났다. 이후 스님
은 지리산으로 내려와 지금의 산속에서 8년을 정진했으나 마음
에 계합된 바가 없어 다른 수행 터로 가보려고 하산하다가 어느
풀밭에서 노인을 만난다. 노인은 풀밭에서 기이하게 낚시를 하고
있었다. 스님이 그냥 지나치는데 노인이 혀를 차며 중얼거렸다.

"쯧쯧. 2년만 더 기다리면 대어를 낚을 터인데."

스님은 문득 노인이 문수보살이라는 생각이 들어 다시 절로
돌아와 2년 동안 더 정진하여 10년을 채웠다. 과연 10년째 되는
날 스님은 견성하여 크게 깨달았다. 이러한 개창조의 인연으로
영원사는 훗날 선사들이 선지禪旨를 드날리는 선찰로 융성했다.
고려 때는 보조 지눌 스님이 머물렀으며, 조선시대에는 구곡龜谷
각운覺雲 스님 이래 부휴 선수 스님, 청허 휴정 스님이 수도하여
부용 영관 스님에게 인가를 받았고, 휴정 스님의 제자인 사명 유
정 스님 및 청매靑梅 인오印悟 스님이 앞산 능선 너머에 있는 도솔
암과 영원사를 오가며 오랫동안 머물렀다. 또한 스승이자 화엄
보살로 불리던 설파雪坡 상언尙彦 스님이 만년에 영원사로 들어와
10년 동안 제자들을 가르치다가 입적했다.

여러 고승들 중에서도 특히 나의 관심을 끄는 분은 청매 인오
스님이다. 스님은 광해군과 인조 때의 고승으로 《청매집》을 남겼
다. 스님은 휴정 스님의 회상에 들어가 법을 얻은 다음 임진왜란
이 일어나자 스승을 따라 승병장이 되었다. 이후 3년 동안 왜군
과 싸워 공을 세웠고, 시와 그림에도 뛰어나 광해군의 명으로 벽
계 정심, 벽송 지엄, 부용 영관, 청허 휴정, 부휴 선수 등 5대 선

사들의 영정을 그렸으며, 선시 〈십이각시十二覺詩〉와 〈십무익송十無
益頌〉 등을 지어 승속 간에 교화를 펼쳤다.

전쟁이 끝나자, 스님은 변산반도 월명암으로 올라가 암자를
중수해 지냈고, 다시 지리산으로 내려와 영원사 산내암자인 도
솔암에서 정진했는데, 공부는 고요한 데서 하는 것이 아니라며
남원 등지에 장이 서면 암자에서 산죽으로 만든 조리를 들고 사
람들이 모이는 장터로 나갔다. 조리를 장사하는 것이 아니라 시
끄러운 곳에서 참선을 했다. 소란스러운 장터에서도 화두가 잘
들리면 "오늘은 장사를 잘했다" 하고 화두가 잘 들리지 않으면
"오늘은 장사를 잘못 보았다"면서 가지고 간 조리를 사람들에게
모두 나누어주고 암자로 돌아왔다. 스님이 입적하자 제자들이
부도를 도솔암에 세웠던바, 세월이 흘러 암자는 허물어지고 부도
만 잡촉 속에 남게 되었는데, 일제강점기에 도솔암 쪽에서 산불
이 난 듯 불길이 자주 나타나곤 했다. 그러나 마을 사람들이 산
불을 끄려고 올라가면 불난 흔적이 없었다. 매번 허탕을 치다가
영원사 스님과 함께 올라가 보니 부도에 봉안된 스님의 사리가
빛을 뿜고 있었다.

소문이 나자마자 전국 각지에서 사람들이 몰려들었다. 이에
일본인이 부도를 영원사로 옮겨버렸다. 오르기 힘든 도솔암에 두
느니 영원사로 옮기는 것이 관광에 도움이 되리라 계산했던 것
이다. 그런데 영원사로 온 부도는 다시 방광하지 않았다. 이를 두
고 사람들은 왜군을 물리친 승병장이었던 스님이 일본인들의 장
삿속을 알고 자취를 감췄다고 수군거렸다.

사실을 떠나 스님의 방광사리탑은 현재 영원사에 있다. 스님의 사리탑에서 나타난 이적은 사라졌지만 스님의 빼어난 〈십이각시〉는 아직도 깨달음의 방광을 하고 있다.

깨달음은 깨닫는 것도 깨닫지 않는 것도 아니니
깨달음 자체가 깨달음이 없이 깨달음을 깨닫는 것이네.
깨달음을 깨닫는 것은 깨달음을 깨닫는 것이 아니니
어찌 홀로 참된 깨달음이라 하리오.
覺非覺非覺 覺無覺覺覺
覺覺非覺覺 豈獨名眞覺

영원사 인법당에는 '두류선림頭流禪林'이란 편액이 걸려 있다. 지리산의 옛 이름이 두류산이니 '두류선림'이란 지리산의 선객들이 숲을 이루고 있는 집이라는 뜻이리라. 도솔암에 계시는 정견 스님은 두류선림의 기운을 한 마디로 귀띔해준다.

"영원사 선방은 묵직하고 장중합니다. 언젠가 선방을 다시 개설할 텐데, 영원사 선방에 앉아 단전에 힘이 모아지는 그런 장중한 맛을 다시 느껴보고 싶습니다."

절 마당의 입석에 새긴 문장 가운데 절을 복원한 대일 스님에 대한 짧은 글이 예사롭지 않다. 짧은 글이지만 스님의 공덕은 오래도록 기릴 만하다. 여순사건과 6·25전쟁 때 공비토벌작전 시 아군의 의해 전소되어 쑥대밭이 되었는데, 상무주암에서 정진하던 스님께서 꿈에 조사님들의 말씀을 듣고 영원사 터로 내려와

늦봄에야 꽃망울을 터트린 자목련

초막을 짓고 홀로 40년 동안 사시면서 오늘의 모습을 갖추게 됐다는 글이다.

그러니까 스님은 출가 이후 상무주암에서 10년, 영원사에서 40년을 정진하셨으니 50년 동안 지리산을 떠나지 않은 산승山僧이시다. 중국 마조선사의 제자인 대매선사가 일생을 산중에서만 살았는데, 소식을 들은 마조선사가 후학들에게 "매실이 다 익었으니 가서 마음껏 따먹으라"고 인가했던 것이다.

마침 노승 한 분이 마당으로 나오시어 포행을 하고 계신다. 첫눈에 고매古梅와 같은 저 노승이 바로 대일 스님이라고 느껴진다. 저잣거리에서는 이미 목련이 져버렸는데 영원사 자목련은 늦봄인 지금에야 꽃망울을 터뜨리고 있다. 연둣빛 생기가 충만한 산중이다. 청정한 스님을 뵙는 것만으로도 스님의 법문을 다 들은 듯하다. 스님께서는 인생이 무엇인지 얘기하지 않지만 침묵 속에서 당신의 인생을 다 보여주고 계신 것 같다.

◆ 가는 길

서울이나 대구에서 승용차로 출발할 경우에는 88고속도로로 들어가 남원 나들목에서 함양 방면으로 직진해 달리다 보면 마천에 이른다. 마천에서 영원사까지는 사륜구동의 승용차가 안전하고 거리는 8킬로미터쯤 된다. 버스는 동서울터미널에서 마천행을 타면 되고, 부산에서는 사상터미널에서 아침 7시부터 오후 5시까지 2시간 간격으로 마천까지 운행되고 있다. 전화 055-962-5639

3장

하필이면 서쪽에만 극락이랴

녹음의 바다에서 극락으로 가는 배를 타다

녹음 진 산자락이 바다와 같다. 바람이 불자 녹음은 물결처럼 일렁인다. 산문은 녹음의 바다로 들어가는 포구다. 고창 사람들은 문수산이라고 부르는데, 산문 편액에는 청량산이라고 쓰여 있다. 그렇다. 초여름의 길목에서는 문수산이라는 이름보다 청량산이 더 어울린다. 청량은 시원함의 다른 말이다. 불가에서는 의미가 더 깊다. 세존이 사셨던 인도는 더운 나라다. 그곳 사람들의 이상향은 눈 덮인 히말라야 산이나 시원한 땅이었다. 그러니 청량은 극락의 다른 말인 것이다.

동행한 친구는 가을에 왔으면 더 좋았을 것이라고 아쉬워한다. 문수사 일대가 가을 단풍의 숨은 명승지이기 때문이란다. 산문 옆에 쓰인 안내문에도 단풍나무 숲을 자랑하고 있다. 문수사 둘레의 단풍나무 숲은 이미 천연기념물 제463호로 지정되어 보호받고 있는 것이다. 그런데 안내문이 좀 구태의연하다. 국어사전을 펴고 봐야 할 정도로 한문 투의 생경한 낱말들이 이맛살을 찌푸리게 하고 있다. '나무키'라고 하면 될 것을 굳이 유식(?)하게 '수고'라 하고 있으며, '나무둘레'라고 하면 될 것을 '흉고둘레'라고 하고 있다. '수령'을 '나무나이', '노거수'를 '오래된 나무'라고 하면 얼마나 쉽고 우리말을 빛나게 하는 일인가.

문수사는 백제 의자왕 4년(644) 때 중국에서 돌아온 자장율사가 이곳을 지나다가 중국의 청량산과 비슷하다 하여 터를 닦고 절을 세웠다고 전해진다. 백제 때 신라 출신의 스님이 과연 그랬을까 하고 역사 지식을 들이대며 앞뒤를 맞춰보는 사람이 있지만 상상력의 삶을 풍요롭게 하는 데는 별로 도움이 되지 않는 일이라고 여겨진다. 전설은 민초들이 고단한 삶을 스스로 위로하고자 달빛 아래서 만들어낸 이야기일 터이다. 그러고 보면 '달빛 아래서 쓴 역사를 햇살 밝은 곳에서는 논하지 말라'고 한 누군가의 말이 맞는 듯도 싶다.

문수사의 역사가 구전이 아닌 문자로 드러난 시기는 17세기 중반이다. 조선 효종 4년(1653)에 성오와 상유 두 스님이 대웅전을 중수했으며, 영조 40년(1764)에 신화 스님과 쾌영 스님이 크게 수리하고, 지금의 대웅전은 순조 34년(1834)에 우홍 스님이 지었다는 기록이 보이는 것이다.

단풍나무 그늘이 드리워진 산길을 따라 걸어 오르자, 벽오동 꽃향기가 길손을 맞이해준다. 처음에는 무슨 향기인가 싶어 발걸음을 멈추고 두리번거렸는데, 바로 머리 위에서 벽오동의 푸른 꽃이 낙화하고 있는 것이 아닌가.

문수사 법당들은 녹음의 바다에 뜬 배와 같다

꽃향기를 묻히고 불이문不二門을 들어선다. 불이문 바로 오른쪽에 사물四物, 즉 범종과 법고, 목어, 운판이 자리한 범음각이 서 있다.

작은 대웅전(전라북도 유형문화재 제51호)을 보니 마치 녹음의 바다에 뜬 배와 같다. 불가에서는 대웅전을 극락으로 싣고 가는 반야용선이라고 하는데, 영락없는 배의 이미지다. 옆에 있는 명부전이나 만세루, 금륜전 등도 고해의 바다에서 극락으로 항해하는 배들 같다.

먼저 대웅전으로 가 참배를 한다. 오체투지를 하는데 반질반질한 마룻바닥의 감촉이 너무 좋아 불단의 석가모니 부처님께 삼배를 더 올리고 싶다. 도회지 부잣집의 거실처럼 귀한 양탄자를 깔아놓은 법당도 있지만 나는 딱딱한 마룻바닥의 질감을 더 좋아하는 편이다. 산바람이 살갗을 간질이는 마루가 있는 시골집을 지금도 그리워하고 있는 것이다.

문수전(전라북도 유형문화재 제52호)이 대웅전 뒤에 숨어 있는 탓에 그냥 지나치는 사람도 있을 것 같다. 문수전 역시 대웅전처럼 단아하게 생긴 건물이다. 자애로운 모습의 석불이 모셔져 있는데, 보는 이에 따라서 명칭이 달라지는 모양이다. 어떤 이는 조사스님 상像이라고도 하고, 또 어떤 이는 약사여래상이라고도 한다. 그런가 하면 문수전에 모셔져 있으므로 문수보살상이라고도 주장한다.

석불은 원만하고 지혜로운 모습을 하고 있다. 기도를 하면 다 받아주고 들어주실 듯한 표정을 짓고 있다. 문수전 안내문에는 자장 스님이 문수사 위쪽 자장굴에서 기도할 때 누군가가 석불이 묻힌 땅을 가리켜주어서 찾아냈다고 하는데, 소원이 많은 중생의 입장에서는 비록 전설이라 하더라도 참으로 다행한 일이다.

기도란 목표를 향해 한 걸음 한 걸음 다가서게 하는 다짐이자, 부처님 앞에서 약속하는 진실한 자기 맹세이기 때문이다. 녹음의 바다에서 한동안 사바세계의 일을 잊고 있었는데, 바로 그 순간이 극락의 시간이었던 것 같다. 불이문은 사바세계와 극락세계가 둘이 아니라고 말하지만 그 걸림 없는 경지가 어느 때나 나에게 다가설지 아득하기만 하다.

◆ 가는 길

서울에서 승용차를 이용할 경우, 서해안고속도로에서 고창읍으로 들어가 21번 국도를 타고 영광 방면으로 가다가 고수면 소재지로 진입하여 문수사 이정표를 찾으면 된다. 문수사 쪽으로 조금 달리면 조산저수지가 나오고 은사리로 들어가는 길 끝에 문수사 일주문이 보인다. 고창읍에서 문수사까지는 20분 정도 걸린다. 부산이나 대구에서 갈 경우에는 광주를 지나 백양사 나들목에서 고창 방면으로 가면 되는데, 금곡영화마을을 지나 비포장 산길을 넘어가는 코스가 지름길이다. 전화 063-562-0502

차를 마시니 겨드랑이에서 맑은 바람이 이네

내 산방에서 운주사를 가다 보면 개천사開天寺 표지판이 눈에 띈다. 그러나 인연이 닿지 않았는지 여러 번이나 개천사를 지나치곤 했다. 지난 봄에 마음을 내어 지인을 앞세우고 가보긴 했지만 곧 잊어버리고 말았다. 그러니 이번 길은 작심하고 나선 순례 길이다.

개천사는 내게 고려 말의 충신 목은 이색을 떠올리게 하는 절이다. 이색의 문집 가운데 개천사 스님이 보내준 영아차靈芽茶를 마시는 시가 있는데, 내가 좋아하는 다시茶詩다. 그 시를 여러 지인들에게 자랑을 많이 해왔으니 개천사와 인연이 없는 것도 아닌 성싶다. 개성과 여주에서 활동하던 이색이 어떤 연유로 해서 남도지방의 개천사 다승茶僧과 교유하게 됐는지 퍽 흥미롭다. 이색은 개천사 행제行齊선사가 만든 차를 마시고 나서 품평을 하고 있다.

동갑 늙은이라 더욱 친한

영아차 맛은 절로 참되구나

양 겨드랑이에 맑은 바람 이노니

곧장 고상한 스님 만나고 싶네.

同甲老彌親 靈芽味自眞

淸風生兩腋 直欲訪高人

차의 맛과 향이 얼마나 뛰어났으면 양쪽 겨드랑이에서 맑은
바람이 인다고 했을까. 또한 이색은 개천사의 담曇선사로부터 서
찰과 함께 차 한 봉지를 받았다는 시를 남기고 있다. 그렇다면
고려 말의 개천사도 차를 생산하는 절로 유명했던 것 같다. 행제
선사나 담선사 모두 이색과 동갑이라고 하니 개천사의 노스님들
까지도 신령한 영아차를 덖을 줄 알았던 것 같다.

개천사의 역사도 구전과 기록이 혼재하고 있다. 신라 헌덕왕
말기에 도의선사가 보림사를 창건하고 난 뒤 개천사를 창건했다
고 전해지는 한편, 통일신라 말에 도선국사가 창건했다는 설도
구전되고 있다. 절의 역사가 구전되고 있는 것은 정유재란 때 절
에 관한 모든 기록이 불타버렸기 때문이다.

다만, 18세기 이후에 조성된 부도들이 절을 지켰던 스님들을
확실하게 알려주고 있을 뿐이다. 청직당부도, 도암당부도, 응서당
부도, 고봉당부도, 지일당부도가 그것들이다. 청직淸直은 광총廣聰
스님의 법호인데, 부도에 건륭乾隆 병술丙戌이라고 새겨진 것으로
보아 조선 영조 42년(1776)에 세운 사리탑임을 알 수 있다. 5기

의 부도들은 아마도 개천사 주지를 지낸 분들의 사리탑이 아닐까 싶다.

절은 일제강점기에 용화사라고 불렸으나 해방 이후 다시 개천사가 됐고, 6·25전쟁 와중에 오래된 법당인 천불전과 그 밖의 전각들이 소실되는 비운을 맞았지만 1963년에 김태봉 주지스님이 신도들의 도움을 받아 대웅전과 요사를 중건했다고 전해진다. 천불전은 개천사의 얼굴이자 상징이었던 것 같다. 《신증동국여지승람》에는 '능성 천불산 개천사'라고 기술하고 있다.

그러니까 조선시대의 개천사는 모든 중생이 부처라는 대승불교의 '천불 사상'이 깃든 천불산에 자리한 절이었음을 알 수 있고, '천불산 개천사'가 '천태산 개천사'로 바뀐 것은 일제강점기나 해방 이후부터가 아닐까 싶다.

절 초입에 이르자, 천태산 중턱에 군락을 이루고 있는 천연기념물 제483호로 지정된 비자나무 숲에 관한 안내문이 보인다. 이곳의 안내문도 예외 없이 불친절하다. 무엇을 읽었는지 곧 잊어버리게 만드는 안내문이다.

비자나무는 원산지가 일본 남부지방이라고 알려져 있지만 우리나라 제주도나 영호남지방에 자생 군락지가 있는 것을 보면 그렇지만도 않은 것 같다. 비자나무 꽃은 봄에 피고 꽃말은 '사랑스러운 미소'라고 하지만 아쉽게도 만개한 꽃을 본 적이 없어 실감나지 않는다. 사랑스러운 미소라고 하니 아마도 큰 덩치에 비해 꽃이 아주 작지 않나 싶기도 하다.

절은 아주 단출하다. 대웅전을 중심으로 왼편에 천불전이, 오른편에 요사가 한 채 자리 잡고 있다. 요사 주지실에서 보원 스님이 반갑게 맞이해준다.

"사지寺誌가 없어 저도 사실은 절의 역사를 잘 모릅니다. 찾아오시는 분들이 불편하지 않게 길을 닦고 집을 짓고 있을 뿐입니다. 절이 어느 정도 자리 잡고 나면 수행하시는 스님들을 모실 생각입니다."

지나간 역사보다는 현재의 일에 집중하시겠다는 얘기다. 차를 한 잔 마시고 나자, 나는 궁금해 견딜 수가 없다.

"스님, 이 절이 고려시대에 차가 성했다는 것을 아십니까. 이색의 시에 이곳 스님들이 차를 만들었다는 얘기가 나옵니다."

"그랬었군요. 대웅전 뒤로 야생차나무들이 많습니다. 한번 가볼까요. 그렇지 않아도 야생차나무만 남기고 잡목들을 다 정리했습니다."

과연 대웅전 뒷산자락에 올라보니 야생차나무들이 드러나 있다. 고려 말 행제선사나 담선사가 이 산자락의 찻잎을 따서 차를 만들었을 것이다. 기록이 없어 확인할 길은 없지만 조선시대에도 그 전통은 이어졌을 터이다. 조선 순조 5년(1805)의 일로 화순 동복 출신의 호의縞衣 시오始悟 스님이 개천사 백련암에 살던 낭암朗巖 시연示演 스님의 문하로 들어가 역사서와 고문을 배우고 다음해 약사전에 머물며 서기書記 소임을 보았다는 기록이 있다. 낭암은 젊은 초의에게 탱화를 가르쳤던 분이자, 대둔사 13종사 가운데 한 분이다. 또한 호의 스님은 다산 정약용을 도와《대둔사지》를 편찬하는 데 자료를 들고 다산초당과 대둔사를 오갔던

천불전 너머로 군락을 이룬 비자나무 숲이 푸르다

요사 기둥에 매달린 목탁도 해바라기를 하네

스님이다.

역사적 기록을 좇아 사라진 약사전도 복원했으면 좋겠고, 다사茶寺의 전통도 되살리는 것이 절의 정체성을 위해서도 좋지 않을까 싶다. 보원 스님에게 기대를 걸어보면서 산문을 나서는데 옛길을 비추는 아침 햇살이 상서롭다.

◈ 가는 길

서울이나 부산, 대구에서 승용차로 갈 경우, 호남고속도로나 남해고속도로에서 화순읍으로 들어가 능주 방면으로 달린다. 춘양면 소재지로 들어가 지방도로 818호를 따라가다가 월평리 입구에서 좌회전하면 된다. 월평리에서 개천사 입구까지는 약 4킬로미터쯤 된다. 전화 061-373-1301

행복한 '녹우綠雨 콘서트'에 초대받다

나뭇잎이 초록빛으로 바뀔 때 내리는 비를 녹우綠雨라고 한다. 그런데 고산 윤선도의 고택은 푸른 숲을 스치는 바람소리가 마치 빗소리 같다고 하여 녹우당綠雨堂이라는 당호를 붙였다고 한다. 불회사佛會寺 산문을 들어서는 순간 '녹우 콘서트'에 초대받은 것 같아 신심이 절로 난다. 눈이 시원해지고 가슴이 상쾌하다.

그래서 호남사람들이 예부터 '춘불회 추내장春佛會 秋內藏'이라고 탄복했나 보다. 호남의 절들 중에서 녹음의 계절에는 불회사가, 단풍의 계절에는 내장사가 으뜸이라는 얘기다. 산문을 지나니 주차장 위에 돌로 만든 석장승이 길손을 맞이한다. 입가에 치아가 뻗어 나와 있는 석장승이 할아버지 하원당장군下元唐將軍이고, 부드럽게 웃고 있는 석장승이 할머니 주장군周將軍이다.

장승이 산문 안에 서 있음은 불교신앙과 민속신앙이 서로 다투지 않고 타협한 결과다. 불회사가 지역 민초들과 잘 소통하고 화합했다는 의미이기도 하다. 불회사란 '부처가 모이는 절'이라는 뜻이다. 부처란 누구일까. 역사적 의미로는 인도에서 온 석가모니 부처님이겠지만 대승적으로는 그분만이 아니다. 넓게는 우주의 만상이 모두 법신불法身佛이고, 좁게는 지역의 선한 민초들이기 때문이다.

원래는 '부처님이 지키는 절'이라는 뜻의 불호사佛護寺로 불리다가 19세기 초 이후에 불회사로 바뀐 뜻을 나는 그렇게 이해하려고 한다. 절 이름만 놓고 볼 때 19세기 이후부터 '중생이 다 부처'라는 대승불교의 사상이 더욱 강해진 것이 아닐까 싶다.

불회사 창건은 두 가지 설이 있다. 하나는 백제 근초고왕 22년(367)에 희연조사熙延祖師가 개창했다는 설과 백제 침류왕 원년(384)에 호승胡僧 마라난타가 동진에서 배를 타고 영광군 법성포로 건너와 불갑사에 이어 불회사를 창건한 뒤 백제 도성으로 들어갔다는 설이 있는 것이다.

마라난타의 고향이 파키스탄 쵸타 라오르 도시의 갈리마을이라고 알려진 것은 불문학자 민희식 교수에 의해서 밝혀진 적이 있다. 나 역시 민희식 교수를 만나 인터뷰를 한 적이 있는데, 호승 마라난타는 실크로드를 따라 백제와 교류가 빈번한 동진까지 왔다가 《삼국유사》의 몇 줄 사료에서 보듯 백제 땅에 공식적으로 불교를 전했던 것이다.

개울 건너편에 있는 진여문을 들어서려는데, 왼편 산자락에 부도 하나와 죽은 잣나무 둥치 하나가 보인다. 잣나무 둥치 앞의 안내문을 보니 불회사를 크게 중창한 원진국사元禛國師의 일화가

서옹 큰스님의 글씨인 대양루(大陽樓) 서체가 걸림 없고 활달하다

쓰여 있다. 국사가 불회사 산내암자인 남암에 머물 때였다. 남암 마당가의 잣나무에 때때로 검은 새가 날아와 국사와 얘기를 나누었던바, 이후부터 잣나무를 흑조수黑鳥樹라 부르게 되었는데, 지난 2000년에 낙뢰를 맞은 그 잣나무가 죽게 되자 지금의 장소로 잣나무 둥치를 옮겨왔다는 이야기다.

사람들은 이런 이야기를 전설쯤으로 여길지 모르겠다. 하지만 나는 산짐승과 고승들과의 이야기를 너무 많이 들어왔고 보아왔기 때문에 믿는다. 얼마 전에 입적하신 불일암의 법정 스님만 하더라도 스님이 휘파람을 불자 오동나무 구멍에 살던 호반새가 공중제비 하는 광경을 내 눈으로 본 것이다.

진여문을 지나니 대양루大陽樓다. 편액의 글씨는 반갑게도 서옹 큰스님의 글씨다. 나에게도 수처작주(隨處作主, 선 자리마다 주인공이 되어라)란 큰스님이 써주신 글씨가 있다. 그래서인지 학처럼 고고하고 단아한 큰스님을 뵙는 듯하다. 글씨 한 점 때문에 불회사가 갑자기 정겨워진다.

팔작지붕 형식의 대웅전(보물 제1310호)이 곧 비상할 것처럼 날렵하다. 하늘로 치솟은 처마가 새의 날갯짓처럼 역동적이다. 조선 정조 22년에 화재를 입어 순조 8년(1808)에 다시 지었다는 기록이 있는데, 당대 최고의 도편수가 신심과 실력을 한껏 발휘한 것 같다.

대웅전 안의 주불인 비로자나불도 예사롭지 않다. 목조인 줄 알았는데 종이에 옻칠을 해서 만든 건칠불乾漆佛이라고 한다. 고려 말에서 조선 초에 만들어진 것이라고 하는데, 고려 때부터 건

대웅전의 처마선이 새의 날갯짓처럼 역동적이다

칠기법이 있었다는 방증이 아닐 수 없다. 아마도 그런 가치를 평가받아 최근 보물 제1545호로 지정되었을 것이다.

종이로 만든 질감 때문인지 철로 만든 것과 확연히 차이가 난다. 철로 만든 비로자나불은 근엄하고 차갑게 느껴지는데, 종이로 만든 불회사 비로자나불은 너그럽고 따뜻하다. 대웅전 좌우로 자리한 나한전과 삼신각 그리고 명부전 등의 전각들도 소박하다.

빗소리 같은 바람소리가 경내를 맴돌아 초여름의 더위가 조금도 느껴지지 않는다. 눈과 귀뿐만 아니라 마음까지 시원해진다. 자연이 연출한 녹우 콘서트가 있다면 바로 이런 청결한 풍경이 아닐까 싶다. 불러준 이 없이 스스로 찾아온 발걸음인데도 마치 불회사 비로자나부처님으로부터 초대받은 듯 행복하다.

◆ 가는 길

서울이나 부산, 대구에서 승용차를 이용할 경우, 호남고속도로를 타고 가다 동광주 나들목으로 나가 광주 제2순환도로로 바꿔 타고 광주대 쪽으로 내려간다. 남평을 지나 봉황 방면으로 달리다가 다도면 소재지에서 화순 방면 818번 지방도로를 이용하면 불회사 이정표가 보인다. 대중교통은 광주에서 증장터행 180번 버스를 타고 1시간 10분쯤 지난 뒤 불회사 입구에서 내리면 된다. 하루에 12회 운행되고, 불회사 입구에서 10분 정도 산길을 걸으면 절에 다다른다. 전화 061-337-3440

절은 절하는 곳이다

선객이 모여들고 새들이 노래하는
도량이 되소서

30여 년 만에 태안사를 다시 가고 있다. 당시는 보성강에서
태안사泰安寺까지의 산길이 비포장도로였던 것으로 기억된다. 먼
지 날리는 산길과 풀숲에서 튀어나온 일주문, 그리고 담쟁이 넝
쿨에 둘러싸인 염화실과 범상치 않은 혜철선사의 부도만이 신기
루처럼 떠오를 뿐, 그날 그 시간에 태안사에서 마주친 현실이 무
엇이었는지 기억이 잘 나지 않는다. 꿈속에서 꿈을 꾼 듯 몽롱하
기에 오늘 또다시 가고 있는 중이다.

숲길과 계곡이 지금의 느낌처럼 길었던가 싶다. 마치 이승과
저승의 중간이라는 중음中陰의 긴 통로 같다. 산길에는 가랑비가
내리고 숲 속에는 비구름이 어슬렁거리고 있다. 동리산桐裏山 들
머리에 자리한 태안사, 절의 풍경소리는 아직도 들리지 않는다.

동리산. 오동나무 숲으로 울울한 산이라 하여 동리산이라고
불렀을 것이다. 봉황새는 오동나무에 깃든다고 했던가. 그러나

우리나라 불가에서는 깨달음을 이룬 부처를 봉황새로 비유하는 전통이 있다. 때문에 동리산이라는 산 이름에는 부처의 출현을 서원하는 갈망이 깃들어 있다고 봐야 한다.

십여 리쯤 숲길을 지나온 것 같다. 마침내 계곡을 건너가는 능파각(凌波閣)이 보인다. '능파'란 날씬한 미녀의 걸음걸이를 형용할 때 비유하는 단어다. 절에서 세속적인 미인을 상상하여 능파각이라 했을 리는 만무하다. 아마도 관세음보살이 머물다 가는 다리누각이라 하여 능파각이라고 명명하지 않았을까 싶다.

능파각을 지나 '동리산 태안사'라는 편액이 걸린 일주문 앞에서 합장을 한다. 비로소 옛 친구를 만난 느낌이다. 30여 년 전의 모습과 하나도 다르지 않은 고색창연한 일주문이다. 신라 구산선문 중에서 '이곳이 동리산문입니다. 어서 오십시오'라고 말하는 것 같다.

일주문의 뒷모습도 아름답다. 자꾸 뒤돌아보게 하는 매력이 있다. 고려 때 태안사를 중창한 광자대사탑(廣慈大師塔, 보물 제274호) 앞에서 발걸음을 멈춘다. 일주문 옆에 아담한 연못과 인공섬 위에 삼층탑이 있지만 나는 묵은 일주문이 더 마음에 와 닿는다.

다른 절에서도 그랬지만 태안사에서도 새로 지은 당우보다는 묵은 당우나 누각에 더 눈길이 가는 것은 어쩔 수 없다. 대웅전 맞은편에 있는 누각이 보제루다. 전강선사가 견성을 한 누각이다.

전강은 23세 때 태안사를 찾았다. 밤길을 걸어 마침내 보제루에 올랐다. 순간 눈앞을 가렸던 번뇌의 구름장들이 사라졌다. 전강은 능파각 밑으로 흐르는 개울물이 달빛에 반짝이는 것을 보았

다. 전강은 깨달음의 노래를 불렀다. 이른바 〈오도송〉이었다.

어젯밤 달빛은 누각에 가득하더니
창밖은 갈대꽃 가을이로다.
부처와 조사도 신명을 잃었는데
흐르는 물은 다리를 지나오는구나.
昨夜月滿樓 窓外蘆花秋
佛祖喪身命 流水過橋來

염화실 너머로 비에 젖은 태안사 가람들

달빛이 든 누각은 보제루일 것이고, 흐르는 물 위의 다리는 능파각이 아닐 것인가. 전강선사의 〈오도송〉이 아직도 보제루와 능파각에 스며 있는 듯하다.

전강은 〈오도송〉을 읊조리고 나서 문득 요의를 느꼈다. 대웅전으로 들어가 부처님에게 삼배를 올리기 전이었다. 밤중이었지만 달빛이 환했다. 전강은 망설이지 않고 바지를 내리고 오줌을 누었다. 그러자 한 노스님이 전강의 불경스러운 행동을 보고는 호통을 쳤다.

"웬 미친 중이 법당 앞에서 오줌을 누느냐!"

전강은 노스님의 호통을 한 귀로 흘려들으며 말했다.

"어허, 천지에 부처의 진신이 아닌 곳이 어디 있겠소. 내 어디에다 오줌을 누란 말이오."

노스님은 전강의 걸림 없는 대꾸에 할 말을 잃어버렸다. 보제루에 올라서 오도한 전강은 천하의 대장부가 되어 조금도 거칠 것이 없었던 것이다.

비가 차츰 거세진다. 비 오는 날에는 우산이 관세음보살이 된다. 대웅전을 나와서 우산을 쓴 채 혜철선사부도에 오른다. 예전에는 부도 앞에 배알문이 없었는데, 새로 조성되어 성역 같은 느낌이 든다. 작고 소박한 문이어서 그런지 혜철선사의 가풍과 맞아떨어진 것 같다.

혜철선사부도의 정식 명칭은 적인선사 조륜청정탑(寂忍禪師照輪淸淨塔, 보물 제273호)이다. 임금이 문도의 청을 받아들여 내린 시호가 적인일 것이고, 조륜청정탑은 임금이 내린 탑명일 것이다. 경문왕 12년(872)에 세워진 부도인데 쌍봉사의 철감선사부도와 흡사한 형태다.

아마도 동일인이거나 그 장인 집단의 작품이 아닐까 싶다. 부도에 양각으로 새겨진 사자들의 모양이나 탑비를 떠받들고 있는 거북이 그렇다. 사자는 졸린 듯 앞다리를 물고 있으며 탑비의 거북은 곧 움직일 듯 발 하나를 치켜들고 있는데, 두 절 부도의 조각이 비슷한 것이다.

태안사도 불사가 한창이다. 한쪽에 쌓인 돌무더기를 보니 불사가 힘겨워 보이기도 하다. 선원을 운영하고 있는 절이니 하안거가 끝나기를 기다리고 있는 듯도 하다. 어떻든 어떤 방식의 불사이든 주변의 자연과 조화로웠으면 하는 바람이다. 숲이 사라지면 새들이 떠나듯 도량이 자연을 거스르게 되면 선객들이 선원을 떠날 터이기 때문이다.

불사를 하더라도 나무 한 그루, 흙 한 줌을 소중히 여기어 선객이 모여들고 새들이 노래하는 도량이 됐으면 좋겠다. 그러기를 기대해본다.

◆ 가는 길

서울에서 승용차를 이용할 경우, 호남고속도로를 타고 내려가 광주에서 88고속도로로 진입하여 대구 방면으로 달리다, 남원 나들목에서 지방도로를 타고 섬진강과 보성강이 만나는 압록 유원지까지 갔다가 우회전하여 조금 달리면 태안사 이정표가 보인다. 다리를 건너 6킬로미터쯤 달리면 태안사에 이른다. 대중교통은 광주종합터미널에서 곡성읍으로 가서, 태안사까지 운행하는 버스를 바꿔타면 된다. 전화 061-363-4441

파도만 보고 바다 속을 안 것처럼 말하지 말라

내가 좋아하는 선가禪家의 금언이 하나 있다. 무슨 일을 하다가 마음이 심란해지거나 공연히 일손이 잡히지 않을 때 떠올리는 금언이다.

오르려면 산꼭대기까지 오르고

내려가려면 바다 밑까지 가라.

일을 하면서 시늉만 내지 말라는 따끔한 경책의 말씀이다. 주어진 삶을 치열하게 살라는 당부이기도 하다. 산허리까지만 가보고 높은 산에 오른 것처럼 말하지 말고, 파도만 보고 깊은 바다 속을 안 것처럼 말하지 말라는 뜻이다.

쌍계사雙溪寺는 가까운 곳에 운림산방雲林山房이 자리하여 명상의 시간을 더 갖게 하는 절이다. 운림산방은 조선 말기의 화가 허련許練이 은거하며 살았던 집이다. 그의 호는 소치小痴이다. 겸손이 담겨 있는 그의 호를 직역하면 '작은 바보'다. 그는 사십 대 중반에 부귀영화를 버리고 자신의 고향인 진도 산골로 들어가 철저하게 숨어 그림만 그리다가 생을 마친 사람이다.

나도 그림자마저 쉰다는 숲속의 삶이 좋아 서울생활을 청산하고 남도 산중으로 내려온 지 10년이 넘었다. 그러나 지금의 삶이 과연 산중생활인지 아닌지 자신을 되돌아볼 때가 많다. 몸은 산중에 있지만 머릿속은 저잣거리의 일과 생각들로 들끓을 때가 많으니 말이다. 저잣거리에 살면서도 마음속에 청산 하나를 품고 사는 이가 있다면 나는 그를 '유마힐'이라고 부르기를 주저하지 않을 것이다. 유마힐이란 출가하지 않고도 자신의 청정함으로 부처의 제자보다 더 깊은 깨달음을 이룬 거사가 아니던가. 운림산방의 주인 허련도 한때는 자신의 자字를 중국 당나라 때의 시인 왕유의 자를 따라 '마힐'이라 하였고, 이름도 왕유를 닮고 싶어 허유라 하였다고 전해진다.

잘 알다시피 왕유는 남종화와 산수수묵화의 효시다. 그리고 허련은 왕유의 화풍을 우리나라에 뿌리내리게 한 화가이다. 추사 김정희는 소치의 그림을 극찬했다.

"압록강 동쪽으로 소치의 그림을 따를 만한 자가 없다."

"소치의 그림이 내 것보다 낫다."

〈세한도〉를 남긴 추사 김정희의 극찬이 어디서 연유한 것인지 궁금하지 않을 수 없다. 나는 그 해답을 소치의 바보 같은 은둔과 창작의 몰입에서 비롯된 것이 아닐까 짐작해본다. 소치는 자신의 호처럼 살았다. 고독을 선택하여 저잣거리의 인사들과 당의정 같은 사교를 끊었고, 뜬구름 같은 공명을 버렸던 것이다.

진도는 삼별초의 한이 서린 섬이기도 하다. 지금 넘어가고 있는 고개 이름도 왕고개다. 고개 옆에는 왕무덤이라는 지명도 있다. 고려 왕들의 성이 왕씨였으니 비운의 이름이 아닐 수 없다.

조금 더 달리니 비로소 상록수림이 울창한 첨찰산이 보인다. 먼저 운림산방의 초가가 나타나고, 왼쪽의 두 계곡 사이에는 신라 문성왕 19년(857)에 도선국사가 창건한 쌍계사가 보인다. 소치가 왜 운림산방 자리를 절 옆으로 잡았는지 이유가 있을 것 같다. 혹시 진도의 쌍계사를 자주 들른 초의선사를 만나기 위해 그러하지 않았을까. 소치는 초의선사의 추천으로 상경하여 추사의 문하에 들어가 서화를 공부했던 것이다.

운림산방 연못을 둘러보고 난 뒤 다시 발걸음을 쌍계사 일주문 쪽으로 옮겨본다. 일주문 뒤로는 상록수림이 펼쳐져 있다. 동백나무, 후박나무, 참가시나무, 감탕나무, 종가시나무, 생달나무, 모새나무, 참식나무, 차나무, 자금우, 광나무, 붉가시나무 등등 나무 이름이 정겹다. 진도 땅에서 절과 숲이 가장 잘 어울리는 정감 어린 곳이 아닐까 싶다. 이런 느낌은 나만이 아닌 것 같다.

"진도란 오기 싫어 울고 갈 때는 가기 싫어 우는, 두 번 우는 곳이라고 합니다."

산꼭대기에서만 20여 년을 정진하다가 진도 땅처럼 낮은 데서는 처음 살아본다는 진현眞賢 스님의 말이다. 스님이 중국의 몽산에서 구해왔다는 몽산차를 여러 잔 달게 마시면서 이런저런

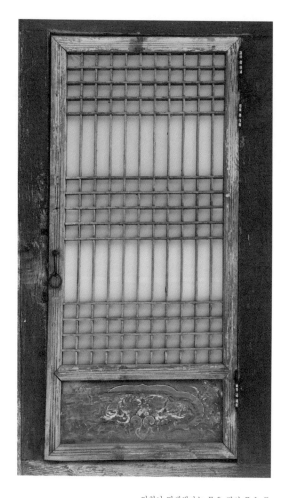

단청이 퇴색해가는 묵은 절의 묵은 문

법정 스님이 중학생 때 수학여행을 와 울었던 쌍계사

얘기를 듣는다.

나는 문득 인연이란 단어를 떠올린다. 그러고 보니 소치의 유적지를 보고 싶어 진도에 온 것만은 아니라는 생각이 든다. 그보다는 아주 오래전부터 진도에 들르면 꼭 한 번 쌍계사를 가보겠다고 생각하고 있었던 것이다.

어느 날 불일암에 갔을 때 법정 스님께서 들려주신 얘기다. 스님께서 출가하기 전의 일로, 목포의 어느 중학교를 다닐 때 이곳 쌍계사로 수학여행을 왔다고 한다. 그때 스님은 하룻밤 잤던 쌍계사를 떠나기 싫어 반 친구들 몰래 울었다고 한다.

"난 전생에도 중이었던 것 같아."

정든 고향집 같은 절을 떠나고 싶지 않아 울었다는 말씀이었다. 해방 전후, 그 무렵의 어린 소년의 현실이 얼마나 고달프고 팍팍하였으면 그런 마음이 들었을까 하는 생각도 든다. 무슨 종교를 믿든지 간에 전생의 일과 상관없이 예나 지금이나 산중의 묵은 절은 어머니처럼 편안하고 포근하다. 절이란 삶이 힘겨울 때마다 바람처럼 구름처럼 찾아가서 지친 몸을 누이는 곳이 아닐까 싶다.

◈ 가는 길

진도대교를 건넌 다음 진도읍으로 가서 의신면 쪽으로 직진하면 상록수림이 무성한 첨찰산이 나타난다. 절은 첨찰산 서쪽 기슭에 있고, 소치가 은거하였던 운림산방은 절 옆에 나란히 자리하고 있다. 전화 061-542-1165

옛 전각과 당우들을 바라보며
선심禪心에 젖는다

전나무 숲 그늘이 짙게 드리운 산문을 들어서자마자 멀리서 송이버섯 향기가 풍겨온다. 홀연히 나타난 향기다. 그러고 보니 김룡사의 송이버섯 맛을 그리워하다가 몇 년 전부터 잊어버렸던 것 같다. 나에게 송이버섯의 향기와 맛은 잠자리 떼의 군무群舞와 더불어 김룡사의 추억이자 그리움이다.

이제는 어느 해인지도 헤아리지 못하겠다. 당시 자광 주지스님께서 김룡사 산자락의 솔숲에서 난 송이버섯을 한 상자나 주셨는데, 나는 그 송이버섯을 자광 스님이 알려준 대로 죽염에 찍어 날것으로 음미하면서 《김룡사에서 나비를 보다》라는 소설을 썼던 것이다. 나는 소설의 서문에서 김룡사 객실에 들어 하룻밤 머물며 사색했던 것을 고백했다.

새벽의 김룡사 오솔길을 걸으며 젖은 가랑잎을 보고도 가슴이 저려

발길에 밟힐까 봐 손으로 주워 돌탑에 올려주고 지나쳤던 기억이 새롭다. 그날 보았던 나비도 마찬가지였다. 늦가을 찬 냉기에 날개를 떨며 숲을 못 찾고 이리저리 날고 있었던 것이다.

그런데 그 미물들은 우리에게 삶의 고통과 번뇌가 힘이 된다는 것을 깨닫게 해주었다. 가랑잎은 지난 여름의 무성한 꿈을 버린 채 낮은 땅에서 묵언 중이었고, 노랑나비는 나름대로 살기 위해 몸부림치고 있었다. 젖은 가랑잎은 봄이 온다는 것을 믿듯 바람결에 다시 어디론가 내려앉았고, 노랑나비 한 마리가 법당으로 날아들어 노란 부처의 이마에 앉아 쉬고 있었던 것이다. 그때, 허물 벗는 가을산은 이렇게 일갈하였다.

— 그대여, 깊이깊이 아파하라. 헛꿈에서 깨어나리니.

그렇다. 우리는 진실로 무엇에 혹독하게 아파해보지 않고 헛꿈에 취해 살고 있다. 그러니 지금의 시간이야말로 헛꿈을 버리고 새롭게 출발하는 작은 깨달음이 있어야 하는 것이다. 나는 이러한 작은 깨달음도 자신을 헛꿈의 구속으로부터 자유롭게 하는 해탈이라고 생각한다. 불가에서도 꿈에서 깨어난 자를 부처라 하지 않는가.

김룡사가 자리한 운달산은 생각보다 높다. 해발 1천 미터 이상이니 당당한 고산이다. 산 이름은 아마도 신라 진평왕 10년(588)에 입산하여 수도한 운달조사雲達祖師의 법명을 빌려 지었을 것이다. 그러니 운달조사는 개산조開山祖가 된다. 운달조사 이후 내가 기억하는 고승은 우리와 동시대를 살았던 성철 스님과 혜암 스님이다. 다 알다시피 성철 스님은 김룡사에서 당신이 깨달은 경지를 대중에게 최초로 설법을 했고, 혜암 스님은 출가 이후 '공부하다 죽는다'는 각오로 정진하다가 마침내 김룡사 금선대에서 첫 견성見性을 하였던 것이다.

그때 혜암은 즉시 해인사로 달려가 은사 인곡 스님에게 엎드렸다고 한다.

"스님, 조사의 말씀에 걸림이 없어진 것 같습니다."

"그렇다면 한 마디 묻겠다. 덕산 스님을 만난 노파가 '과거심, 현재심, 미래심은 얻을 수 없다(三世心不可得)'고 한바, 너는 어디에 점點을 찍겠느냐."

인곡 스님의 질문은 덕산 스님과 떡 파는 노파에 얽힌 얘기에서 유래한 화두인데, 그 내용은 이러했다.

《금강경》에 달통한 학승 덕산이 선승들이 할거하는 남방으로 내려가다가 점심때가 되어 떡집으로 들어갔다. 시장기를 느낀 덕산이 떡집 노파를 불러 말했다.

"떡 한 접시만 주시오."

"스님, 바랑에 든 게 무엇이오."

노파는 덕산의 바랑에 든 물건이 궁금했다. 덕산은 자랑스럽게 말했다.

"소승이 연구한《금강경청룡소초》입니다."

노파는 덕산에게 떡을 파는 데 조건을 걸었다.

"스님,《금강경》에 대해 한 말씀 묻겠습니다. 대답하시면 떡을 그냥 드리고, 못 하시면 떡을 팔지 않겠습니다."

선심초심이란 법어를 떠올리게 하는 김룡사의 전각과 누각, 당우들

"좋소. 말해보시오."

《금강경》에 '과거심도, 현재심도, 미래심도 얻을 수 없다'고 했습니다. 그런데 스님께서는 어느 마음으로 점심을 드시겠습니까."

오늘은 점심으로 공짜로 떡을 먹겠구나, 하고 흥분했던 덕산은 아무 말도 못 하고 떡집에서 물러나고 말았다.

인곡 스님이 다시 한 번 다그쳤다.

"자, 너는 노파의 말에 어떻게 대답하겠느냐."

혜암은 덕산이 삼세의 시간에 걸려들었다고 생각했다. 그래서 그것을 단번에 뛰어넘고자 대답했다.

"저는 무조건 떡을 먹겠습니다."

"오매일여癡寐一如는 되느냐."

오매일여란 자나 깨나 화두가 성성한 경지를 말했다. 혜암은 솔직하게 고백했다.

"안 됩니다."

"그렇다면 더 용맹정진하거라."

혜암은 인곡 스님의 지시대로 다시 성철 스님이 카랑카랑한 소리로 "밥값 내놓아라!"고 고함치는 봉암사 선방으로 갔다. 그리고 몇 년이 더 흐른 뒤 혜암은 오대산 사고암에서 비로소 확철대오의 노래를 불렀다.

김룡사 경내를 서성이는 나에게 누군가가 떡집 노파와 같은 질문을 한다면 나는 무어라고 대답할 것인가. 혜암 스님은 "무조건 떡부터 먹겠다"고 하셨지만 나는 김룡사의 전각과 당우들을 무심히 둘러보는 것으로 대답할 것 같다.

예전의 김룡사는 뒹구는 가랑잎처럼 스산하고 고요하기만 했는데, 지금은 심심산골의 백도라지처럼 반듯하고 단아하다. 성철 스님이 법문했던 설선당과 주석했던 상선원上禪院, 노랑나비를 보았던 대웅전, 자광 스님이 어린 시절 소풍 와서 아버지를 부르며 울었던 응진전, 송이버섯 향기가 나던 산자락의 솔숲, 하룻밤 묵었던 요사, 명부전으로 건너가는 계곡의 물봉숭아 꽃까지 안녕하시다.

절들마저 다투어 성형을 하고 과대포장을 하는 요즘, 옛 모습을 지키려고 애쓰는 김룡사의 스님들이 고맙기만 하다. 선심초심禪心·初心이라 했던가. 명부전으로 가는 길에서 김룡사의 옛 전각과 당우들을 바라보며 한순간 선심에 젖어본다. 가슴속에서 기쁨이 솟구친다.

◈ 가는 길

서울에서 승용차를 이용할 경우, 영동고속도로를 타고 가다 여주 나들목에서 중부내륙고속도로로 바꿔 타고 남행하다가 점촌함창 나들목으로 나간다. 문경시로 가서 59번 국도(단양 방면)로 조금 올라가면 산북면 대하리 삼거리가 나온다. 거기에서 좌회전하여 직진하면 김룡사에 이른다. 부산, 대구, 광주 등에서 갈 때도 중부내륙고속도로로 들어가 문경시까지 상행하여 국도를 타면 된다. 전화 054-552-7006

다치하라 마사키의
《겨울의 유산》을 떠올리다

어느 절을 가든지 나는 물과 기름 같은 두 가지의 감정을 경험하곤 한다. 하나는 오래된 전각과 당우들이 주는 푸근함이다. 주름살이 진 목조건물은 심장의 박동을 느슨하게 한다. 그런 감정을 행복감이라 해도 틀린 말은 아닐 것이다. 오래된 토담이나 이끼 낀 돌담과 허술한 돌계단도 나를 행복하게 한다.

또 하나의 감정은 무상감無常感이다. 처마를 스쳐가는 바람이나, 마당에 떨어져 있는 햇살이나, 나무들의 우울한 그늘 같은 것을 보면 문득 인간의 존재라는 것이 고작 이것인가, 하고 무상해진다. 참을 수 없는 존재의 가벼움 같다고 자각되는 순간 현기증을 느낀다.

어찌 생각해보면 행복감과 무상감이 서로를 밀어내지 않으며 공존하는 비무장지대가 절인지도 모르겠다. 내 눈에는 잿빛 승복을 입은 수행자들도 대략 두 부류로 보인다. 행복감에 젖어 안

주해 있는 듯한 스님들이 있고, 지나친 무상감으로 활력을 잃어버린 스님들이 있는 것이다. 참선이나 염불, 기도라는 수행도 어쩌면 그러한 감정을 스스로 추스르게 하는 방편이 아닐까도 싶다. 지나친 비약일까, 거창하게 깨달음까지 들먹일 필요는 없을 것 같다.

봉정사는 어느 절보다도 유독 내게 행복감과 무상감을 느끼게 하는 절이다. 그래서인지 나는 봉정사에 단 하룻밤도 머문 적이 없다. 늘 도망치듯 산문을 내려오곤 했다. 이런 자기 도피성은 도대체 어디에서 유래한 것일까. 출가와 재가를 확고하게 구분 짓지 못하고 사는 나의 어정쩡한 입장 탓도 있겠지만, 아마도 그것보다는 젊은 시절에 다치하라 마사키(立原正秋)의 소설 《겨울의 유산》을 읽고 난 뒤부터라는 생각이 든다.

《겨울의 유산》에 나오는 무량사는 지금의 봉정사가 분명하다. 다치하라는 안동에서 태어나 봉정사 승려였던 아버지의 지시로 네 살 때부터 절에 살면서 노선사로부터 한학과 경전 공부를 했던 것이다. 그의 한국명은 김윤규金胤奎. 그는 아버지가 죽고 1937년 열한 살 때 재혼한 어머니를 따라 고향인 안동을 떠나 일본에 정착하는데, 1945년에 와세다대학 문학부를 졸업하게 되고, 1951년에 등단한 이후로는 조선인임을 드러내지 않은 채 다치하라 마사키라는 이름으로 작품을 발표하기 시작하여 마침내 일본 문단의 대표적인 작가 반열에 오른다. 언어의 연금술사라는 평을 들으며 문단의 거두가 된 것이다.

다치하라가 작가로서 절정기였던 1970년대 사십 대 후반에 이르러서야 자신의 영혼과 육신의 고향인 봉정사와 안동을 배경으로 형상화한《겨울의 유산》을 발표하였던 이유도 궁금하지 않을 수 없다. 김윤규라는 조선인임에도 불구하고 고려청자와 조선백자에 심취한 다치하라라는 일본인으로 살아온 것에 대한 합리화라 할까, 참회와 향수가 뒤섞인 그 무엇을 이야기하고 싶었을 것이기 때문이다.

봉정사는 신라 문무왕 12년(672)에 의상대사가 초창했다고 알려져 왔으나 최근에는 의상대사의 제자 능인 스님의 창건설이 더 힘을 받고 있다. 절에 능인 스님의 창건설화가 구전되고 있기 때문이다. 천등산은 원래 대망산이라 불렀다고 한다. 능인은 젊었을 때 대망산 바위굴에서 수도했는데, 하루는 선녀가 나타나 바위굴에 하늘의 등불을 내려 밝혀주었다고 한다. 선녀란 아마도 관세음보살의 화신이었을 것이다. 그때부터 대망산은 하늘의 등불이 켜진 천등산天燈山이 되었고, 환한 등불 덕에 밤낮으로 정진하여 마침내 득도한 능인은 바위굴에서 종이봉황(鳳)을 접어 날려 머무는 곳(停)에 절(寺)을 지었다고 한다.

네다섯 살의 어린 김윤규도 승려인 아버지나 자신에게 한문과 경전을 외우게 했던 노선사에게 창건에 얽힌 얘기를 들었을 것이다. 모든 얘기를 그대로 믿어버리는 어린아이의 특성으로 볼 때 김윤규가 훗날 작가로 살아가게 한 상상력의 원천이 되었음은 두말할 필요가 없을 것 같다.

만세루 입구의 소나무들도 여전하다. 봉정사의 그 무엇보다도 임제의 선풍을 오롯이 잇고 있는 듯하다. 임제의 선풍 앞에서 행

우리나라에서 가장 오래된 목조건물로 평가받는 봉정사 극락전

다치하라 마사키가 영혼의 고향이라고 한 봉정사 대웅전

복감이나 무상감을 얘기하는 것은 잠꼬대에 불과하다.

"부처를 만나면 부처를 죽이고, 조사를 만나면 조사를 죽이고, 나한을 만나면 나한을 죽이고, 부모를 만나면 부모를 죽이고, 친척 권속을 만나면 친척 권속을 죽여야만 비로소 해탈하여 어떠한 경계에서도 투탈 자재하여 얽매이지 않고 인혹人惑과 물혹物惑을 꿰뚫어서 자유자재하게 된다."

임제의 풍모와 선지, 임제의 개성과 모든 경지가 다 표현되어 있다고 해도 과언이 아닌 말이다. 임제는 행복감이나 무상감도 만나는 즉시 죽이라고 했을 터이다.

누각인 만세루 밑 돌계단을 지나 예전에도 그랬듯 대웅전(보물 제311호)보다는 극락전으로 먼저 가본다. 부석사의 무량수전과 쌍벽을 이루는 우리나라 최고最古의 건물이 극락전(국보 제15호)이라고 하지만 나는 그런 데는 여전히 무심할 뿐이다. 극락전보다는 마침 염불하고 있는 스님의 신발에 눈길이 머물고, 선실인 고금당(보물 제449호)의 적요가 마음을 격동시킨다. 삼층탑은 예나 지금이나 자기 자리에서 합장하고 있는 모습이다.

그렇다. 오늘 내가 또다시 봉정사를 찾아와 서성이는 까닭은 행복감과 무상감을 넘어서는, 그 무엇을 깨닫고자 함이다. 아미타부처님 앞에 천년을 하루같이 부동자세로 선 삼층탑의 하심下心이랄까, 종신불퇴終身不退의 선기를 훈습하고자 함이다. 이제 감정에 휩싸이던 젊은 날도 지나고 그럴 만한 시절인연이 된 것이다.

◆ 가는 길

서울에서 승용차를 이용할 경우, 중부고속도로 호법 나들목에서 영동고속도로로 진입하여 여주 만종 나들목에서 중앙고속도로로 바꾸어 탄다. 그리고 예천을 지나 서안동 나들목으로 나가 이정표를 보고 봉정사를 찾으면 된다. 부산, 대구, 광주에서 갈 경우에는 중앙고속도로로 진입하여 북행하다가 서안동 나들목으로 나가 봉정사를 찾으면 된다. 전화 054-853-4181

노악산 남장사

불상이란 우상이 아니라 내면의 자화상이다

　노악산 북쪽에는 북장사가, 남쪽에는 남장사南長寺가 있다. 남
장사의 옛 이름은 장백사長柏寺였다. 나는 예부터 장백사라는 이
름의 중층적인 어감에 묘한 매력을 느꼈다. 그 자력에 끌려 지금
남장사로 가고 있다 해도 과언이 아니다. 남장사는 상주시에서
그리 멀지 않은 곳에 있어 싱거운 느낌도 든다. 산모퉁이를 몇
굽이씩 돌고 탯줄 같은 긴 산길을 걸어야 산사 같은데 남장사는
의외로 가까운 거리에 있다. 남장사로 가는 길가의 시골 마을마
다 상주의 특산물인 곶감을 저장한 창고들이 즐비하고, 홍시나
곶감을 판매한다는 광고판들이 눈에 띈다.
　내가 남장사의 옛 이름인 장백사를 처음 본 것은 하동 쌍계사
를 갔을 때였다. 쌍계사 대웅전 앞에는 진감선사탑비가 있는데,
최치원이 지은 비문에 선사가 당나라에서 귀국하여 장백사에 머
무르다 옥천사(현 쌍계사)를 창건했다고 기록되어 있는 것이다. 중

국에서 도의국사와 함께 공부했던 진감眞鑑선사는 노악산으로 들어가 장백사에서 선문을 개창한 다른 구법승들과 달리 구름처럼 모여든 제자들에게 선禪을 지도하기도 하고 범패를 가르쳤다고 한다.

범패를 잘하고 다인茶人이었던 진감선사는 칼날처럼 엄숙하기만 한 선승이 아니라 풍류를 아는 봄바람처럼 부드러운 낭만주의자였던 것 같다. 당시 장백사는 수선修禪의 도량이자 민중을 교화하기 위한 수단으로 범패를 가르쳤던 '범패의 최초 전래지'로서 다른 선문禪門의 절과 달리 독특한 가풍을 지녔던 것이 분명하다.

오늘의 남장사는 어떤 가풍을 잇고 있는지 궁금하다. 진감선사는 범패를 가르치는 일 말고도 짚신을 삼아 가난한 민초들에게 나누어주는 등 일찍이 보살행이 투철했던바, 바로 그런 선사의 가풍이 남장사의 정신이 아닐까도 싶다.

이제는 절 살림도 획일화되는 것보다는 역사성을 지닌 정체성이랄까, 절 나름대로의 가풍을 찾고 이어나가는 것이 중요하지 않을까. 기대를 잔뜩 품고 찾아가보지만 비슷비슷하게 닮아가고 있는 절들을 보면 스님들의 안목과 살림살이가 의심스러워 안타까운 마음이 들곤 하는 것이다.

누가 뭐래도 진감선사는 남장사의 역사상 가장 뛰어났던 분이다. 선사의 법호는 혜소慧昭로서 금마(金馬, 현 익산)에서 신라 혜공왕 10년(774)에 태어나 생선 장사를 하는 빈한한 가정을 돌보다가 부모가 돌아가신 후 "어찌 매달려 있는 박처럼 나이 들도록 지나온 자취에만 머물러 있겠는가"라고 말하며 도道를 구하러 나섰다고 최치원은 기록하고 있다.

이후 스님은 애장왕 5년(804)에 세공사歲貢使 선단의 뱃사공이 되어 당나라로 건너가 마조의 선맥을 이은 신감神鑑선사의 제자가 된다. 스님은 헌덕왕 2년(810)에 숭산 소림사로 들어가 구족계를 받고 도의道義를 만나 함께 수행하다가 도의가 먼저 귀국하자 종남산으로 들어가 3년간 선정을 닦는다. 이후 자각(紫閣, 하남성 함곡관 밖의 지명) 네거리로 나가 짚신을 삼아 오가는 사람들에게 3년 동안 보시한 뒤 귀국한다. 이때가 흥덕왕 5년(830)인데 스님은 흥덕왕 7년(832)에 장백사를 창건하여 머물다가 화개곡으로 들어가 쌍계사의 전신인 옥천사를 창건한다. 스님은 번번이 왕의 부름에 하산하지 않고 불법을 펴다가 문성왕 12년(850) 77세로 입적에 든다. 탑이나 기록을 남기지 말라고 유언했으나 헌강왕은 스님의 시호를 진감眞鑑, 탑호를 대공영탑大空靈塔이라 하고 최치원에게 비문을 짓도록 명했다.

물론 남장사에 뛰어난 고승으로서 진감선사만 주석했던 것은 아니다. 고려 명종 16년(1186)에 장백사를 남장사로 개칭한 각원覺圓국사나 비로자나불을 조성했다는 나옹선사, 그리고 선교를 아울렀던 사명대사, 임진왜란의 병화로 전소된 절을 조선 인조 13년(1636)에 혼신의 원력으로 복원한 정수正修선사도 대중들에게 추앙을 받은 법력이 높은 스님들이었던 것이다.

속계를 경계 짓는 일주문을 들어섰는데도 상주의 특산물인 곶감 향기가 옷자락에 붙어 따라오는 느낌이다. 그래서일까, 남

일주문을 지나 처음으로 만나는 남장사 극락보전

나옹선사가 조성했다는 비로자나부처님을 모신 보광전

장사 경내 구석구석에도 곶감 향기가 배어 있는 것 같다. 사람들의 느낌이야 천차만별이겠지만 상상력이 보잘것없는 나는 남장사 경내를 거닐며 곶감 향기를 맡고 있는 것이다.

극락보전을 지나니 정면에 보광전이 보인다. 보광전 앞뜰에 선 파초의 잎들이 유난히 건강하고 푸르다. 소나기가 쏟아지면 파초 잎에 떨어지는 빗방울 소리가 보광전 주불인 비로자나부처님(보물 제990호) 귀에도 시원하게 들릴 것만 같다. 후불 탱(보광전 목각탱, 보물 제922호)은 그림이 아니고 나무로 조각된 작품인데, 탱

길은 걸하는 곳이다

속의 신중神衆들도 마찬가지일 것이다. 소박한 영산전, 금륜전도 보는 이의 마음을 편안하게 한다. 건물 중에는 밀어내는 집과 다가서게 하는 집이 있다. 크지도 작지도 않은 남장사 가람들은 처마 밑에서 기웃거리게 한 뒤, 이윽고 법당으로 들어서게 만드는 흡인력이 있다.

불상을 향해 절하는 이를 우상을 믿는 자라고 우기는 사람들에게 권하고 싶은 말이 있다. 남장사의 소박한 법당 앞에 무심코 한번 서보거나, 자기 내면에 자리한 누군가를 만날 때까지 법당 마룻바닥에 앉아보라고 권면하고 싶다. 그렇다. 불상이란 우상이 아니라 순간적이나마 삼독三毒을 씻고 홀연히 만나야 할 미소 짓는 우리 내면의 자화상이 아닐 수 없다.

◈ 가는 길

서울과 부산, 대구, 광주에서 승용차를 이용할 경우, 중부내륙고속도로를 타고 가다 상주 나들목으로 나가 상주 시내로 진입한다. 거기서 보은 방향으로 5킬로미터쯤 달리다가 조그만 남장교를 건너 남장사 이정표를 보고 4킬로미터쯤 시골마을 사이로 난 길을 오르면 절에 도착한다. 전화 054-534-6331

부처님 법을 펴는 그날이 기다려지네

참외가 특산물인 성주군으로 들어서면 세종대왕자태실世宗大
王子胎室을 가리키는 이정표가 눈에 먼저 띈다. 선석사禪石寺를 찾
는 데 도움을 주기는 하지만 나로서는 예나 지금이나 씁쓸하다.
선석사가 불법의 융성으로 명맥을 유지했다기보다는 태실수호사
찰이란 이름으로 기능을 해온바 안타까운 숭유배불의 그림자가
드리워져 있기 때문이다.

부처님은 살아 있는 자들의 행위에 따라 복이 오간다고 했지
"태실을 만들어 태를 잘 봉안하면 복을 받는다"고 말씀하신 적
이 없다. 그러나 고려시대 때부터 풍수사風水師들은 명당에 태를
잘 묻으면 발복發福한다고 믿었다. 뿐만 아니라 유교를 국가이념
으로 삼은 조선시대의 《문종실록》에도 왕자들의 태실을 조성한
근거가 다음과 같이 기록되어 있다.

의상대사가 신라 효소왕 원년에 창건한 선석사

풍수학에서 말하기를, 《태장경胎藏經》에 하늘이 만물을 낳는데 사람을 귀하게 여기며, 사람이 날 때는 태로 인하여 성장하게 되는바, 하물며 그 현명함과 어리석음, 융성함과 쇠퇴함이 모두 태에 매여 있으니 태를 신중하게 하지 않을 수 없다.

언젠가 선석사 위에 있는 비구니스님 암자인 중암中庵을 순례하면서 사적 제444호로 지정된 세종대왕자태실을 답사한 적이 있는데, 현재도 세종대왕의 18왕자 태실과 세손인 단종의 태실 등 19기가 군집을 이루고 있을 터이다.

절이 왕자의 태실 옆에 자리하여 태실수호사찰이란 명예(?)로운 이름을 얻기도 했지만 조선시대 내내 스님들의 고통도 녹록치 않았을 것이다. 스님들이 관청의 지시로 태실을 보수 관리하느라 아무 때나 힘든 사역에 동원됐을 것이고, 왕자들의 제사를 지낼 때는 제물을 구하느라 그 피해가 매우 컸을 것이다. 왕실을 위해 기도하는 원찰願刹의 스님들이 공납과 사역을 견디지 못하고 절을 떠나버린 예가 《조선왕조실록》에 많이 보이는바, 선석사도 예외는 아니었을 듯싶다.

제법 큰 저수지를 지나니 바로 낙락장송들이 무리지어 선 선석사 입구다. 선석사 왼편에 세종대왕자태실이 있지만 나는 곧장 선석사로 오른다. 나이가 2, 3백 년쯤 돼 보이는 느티나무가 절터가 명당임을 증명하고 있는 것 같다. 확인해봐야겠지만 내 경험칙經驗則으로는 수맥이 없는 양명한 곳에 느티나무가 잘 자라지 않나 싶다. 땅이 고슬고슬한 고찰 경내에 오래된 느티나무가 많은 것을 보면 그런 생각이 든다.

선석사 작은 산문은 일주문과 금강문 겸용이다. 언젠가는 분리되어 복원되겠지만 지금은 그렇다. 산문 옆에는 범종이 매달린 원음각이, 그 너머 위편에는 태실법당이 들어서 있다. 아마도 세종대왕자태실의 풍수적 관점을 벤치마킹한 법당인 것 같다. 내짐작을 확인해보고 싶어 선석사 사이트에 들어가 보니 태실법당을 건립한 뜻이 직설적으로 드러나 있다.

의상대사가 효소왕 1년(692)에 왜 신광사(神光寺, 선석사의 옛이름)를 창건했는지 스님의 창건의지가 오늘 다시 살려졌으면 좋겠다. 그때는 부석사나 화엄사처럼 대승경전의 꽃인 《화엄경》을 공부하는 화엄사찰이었을 것이다. 그러다가 고려 공민왕 10년(1361)에 나옹대사가 주지로 있으면서 대웅전을 현재의 자리로 옮기려고 터를 닦다가 큰 바위가 나온바, 절 이름을 선석사禪石寺로 고쳤다고 하는데 잘 알다시피 나옹대사는 고려의 대표적인 선승으로 당시 절에는 선객들이 구름처럼 모여들어 선림禪林을 이루었으리라.

이후 절은 임진왜란 때 화마로 폐사가 되었다가 숙종 10년(1684)에 은현·나헌 스님이 중창했고, 영조 6년(1725)에 의상대사가 창건했던 서쪽의 자리로 옮겼다가 순조 4년(1804)에 동파同坡 스님과 서윤瑞允 스님이 지금의 자리로 옮겼다고 한다. 중창 때마다 부처님이 계시는 대웅전이 중심이었을 것이 분명하다.

최근에 맞이한 선석사의 경사라면 영산회괘불탱이 문화재청으로부터 보물 제1608호로 지정된 일이리라. 2009년 신문에서

신라시대부터 조선시대에 이르기까지 고승들이 정진했던 선석사 경내

숙종 29년(1702)에 제작한 선석사 영산회괘불탱을 보았던 기억이 지금도 생생하다. 부처님이 영취산에서 가섭존자에게 정법을 전하는 장면인 염화시중을 표현한 괘불화 중에서 가장 이른 작품이라는데, 문외한인 내가 보기에도 석가모니 부처님과 문수보살과 보현보살, 그리고 아난존자와 가섭존자를 표현하는 필선이 힘차고 원색의 색감이 세련되어 전체적으로 신비롭고 성스러운 분위기가 느껴지는 18세기 초반의 대표작이라 할 만했던 것이다.

언젠가 선석사도 당간지주에 괘불을 걸어놓고 야단법석을 펴는 날이 왔으면! 하고 축원해본다. 국가적으로 보호를 받게 된 빼어난 영산회괘불이 있기 때문이다. 괘불이 보관함 속에서 긴 잠을 잘 것인지, 벌떡 일어나 생불生佛로 환생할 것인지는 이제 선석사 스님들의 몫이 아닐 수 없다. 괘불이 훼손될 염려가 있다면 모본을 제작하여 야단법석을 펴도 무방하리라. 괘불 아래서 부처님의 정법을 펴는, 불법의 향기에 젖게 하는 그날이 타는 목마름으로 기다려진다.

◈ 가는 길

서울이나 대구에서 승용차를 이용할 경우, 중부내륙고속도로를 타고 내려가다 남김천 나들목으로 나가자마자 부상 교차로에서 김천 방면으로 좌회전한다. 그리고 사모실 교차로에서 좌회전하여 성주 방면으로 직진하다가 어산삼거리에서 좌회전하여 선석사 이정표를 보고 달리면 된다. 광주에서 갈 경우, 88고속도로나 남해안고속도로를 타고 가다가 중부내륙고속도로로 바꿔 타고 성주 나들목으로 나간다. 그리고 예산삼거리에서 김천 방면으로 직진하다 어산삼거리에서 선석사로 달리면 된다. 부산에서 간다면, 경부고속도로를 타고 가다 왜관 나들목으로 나가 경북과학대학 쪽으로 달리다가 선석사를 찾으면 된다. 전화 054-933-9800

꽃문은 꽃을 공양하고,
시인은 시를 공양하네

내소사 입구에 이르니 주차요원이 승용차를 유료 주차장으로 안내한다. 산문 앞에는 기념품 가게들이 성업 중이다. 사람들은 산문을 경계로 하여 구름처럼 오가고 있다. 갑자기 불문에 귀의한 행렬은 아닐 테고, 국립공원으로 지정된 변산의 명소들을 도는 관광객들인 듯하다.

날을 잘못 잡은 것 같다. 나는 사람 떼를 구경하기 위해 내소사를 찾지 않았기 때문이다. 그렇다고 돌아서는 것도 속 좁아 보일 것 같아 매표소에서 표를 끊는다. 절은 관광지가 아니라 수행하는 도량이 돼야 옳다. 진리의 본향이 돼야지 볼거리로 전락해서는 안 될 것이다. 일타 스님이 말씀했던가. 수행이 빠져버린 불사는 향기 없는 조화造花일 뿐이라고.

이제는 눈이 오거나 비 오는 날에 내소사를 찾는 게 좋을 듯싶다. 십수 년 전에 보았던 내소사만 생각하고 왔는데, 아무리

제행무상諸行無常이라고 하지만 너무 변해버린 것 같다.

그나마 위로가 되는 것은 전나무 숲 사이로 난 길이다. 전나무 싱그러운 그늘에 헐떡이는 마음이 접힌다. 자연의 숲은 공연히 바빴던 내 그림자를 쉬게 한다. 전나무 숲길을 걷는 사람들의 표정이 해맑아진 것도 자연의 힘일 것이다.

전나무 숲에서 낙하하는 바람은 칠산바다에서 불어온 것이리라. 전나무 향기와 소금기를 머금은 심신을 치유하는 약藥이 되는 바람이다. 나는 관광하는 사람들 속에서 시간과 공간을 달리해 홀로 있음을 굳이 고집해 걷고 있다. 정지상鄭知常이 살았던 고려시대로 가본다. 정지상은 절을 찾아 〈제변산소래사題邊山蘇來寺〉란 시 한 수를 남기고 있는 것이다.

쓸쓸한 옛길엔 솔뿌리가 얽혀 있고
하늘이 가까워 두우성이라도 만질 듯
뜬구름 흐르는 물처럼 나그네 절에 이르니
푸른 잎 푸른 이끼 가득한데 스님은 문을 닫는구나
성긴 종소리는 은은히 석양을 재촉하고
북풍에 풍경소리 댕그랑거린다
나그네 마음 쓸쓸하여 수심이 절로 이는데
노승은 말이 없고 절의 등만 붉도다.
古徑寂寞縈松根 天近斗牛聊可捫
浮雲流水客到寺 綠葉蒼苔僧閉門
疎鍾隱隱催西日 高鐸鈴鈴響北風

절은 절하는 곳이다

부처님께 꽃 공양을 하는 대웅보전 꽃문살문

客心孤逈自生愁 老僧無語佛燈紅

정지상의 시 제목을 보면 내소사가 고려시대에는 소래사로 불렸음을 알 수 있다. 나는 '나그네 절에 이르니 (……) 스님은 문을 닫는구나'라는 구절에서 공감을 한다. 나그네가 오는데도 불구하고 노승은 왜 방문을 닫았을까. 세속의 먼지를 묻히고 들어오는 나그네이기에 침묵한 것은 아닐까. 공연히 분주한 나그네를 경책하고 있는 것은 아닐까 싶은 것이다.

능가산 산자락을 등지고 있는 내소사는 백제 무왕 34년(633)에 혜구惠丘 두타頭陀 스님이 소래사라고 창건했는데, 당시에는 대소래사와 소소래사가 있었다고 전해지고 있다. 정유재란 때 전소됐으나 인조 11년(1633)에 청민淸旻선사가 대웅보전을 중건했고, 고종 2년(1865)에 관해觀海선사와 만허萬虛선사가 중수했다는 기록이 있다. 현재의 규모는 1983년 우암愚岩선사의 원력에 의한 것이라고 한다.

산내암자인 지장암을 지나칠 수 없어 들른다. 내소사의 정신적인 기틀을 다진 선승이자 학승인 해안海眼선사가 정진한 곳인데, 해안선사의 속가 넷째 딸이 현재는 지장암에 머물고 있다. 그분이 바로 일지 스님이다.

지장암 선방인 서래선림西來禪林은 여전히 고요하다. 일지 스님은 출타 중이시고 해안선사의 맑은 시 한 수가 뜰에 맴돌고 있다.

맑은 새벽에 외로이 앉아 향을 사르고

산창山窓으로 스며드는 솔바람을 듣는 사람이라면

구태여 불경을 아니 외워도 좋다.

(……)

구름을 찾아가다가 바람을 베개 하고

바위에 한가이 잠든 스님을 보거든

아예 도道라는 속된 말을 묻지 않아도 좋다.

　그러고 보면 내소사에는 절창의 시들이 나무 그림자처럼 곳곳에 드리워져 있다. 꽃무늬 문살이 아름다운 대웅보전(보물 제291호)에도 미당 서정주의 시가 어른거리고 있다. 미당은 법당 단청에 얽힌 전설을 그대로 시로 환치해 울림을 주고 있는 것이다.

　　내소사 대웅보전 단청은 사람의 힘으로도 새의 힘으로도 호랑이의 힘으로도 칠하다가 칠하다가 아무래도 힘이 모자라 다 못 칠하고 그대로 남겨놓은 것이다. 내벽 서쪽의 맨 위쯤 앉아 참선하고 있는 선사, 선사 옆 아무것도 칠하지 못하고 너무나 휑하니 비어둔 미완성의 공백을 가보아라. 그것이 바로 그것이다.

　　이 대웅보전을 지어놓고 마지막으로 단청사丹靑師를 찾고 있을 때, 어떤 해어스름 제 성명도 모르는 한 나그네가 서西로부터 와서 이 단청을 맡아 겉을 다 칠하고 보전寶殿 안으로 들어갔는데, 문고리를 안으로 단단히 걸어 잠그며 말했었다.

　　"내가 다 칠해 끝내고 나올 때까지는 누구도 절대로 들여다보지 마라."

　　그런데 일에 폐는 속俗에서나 절간에서나 언제나 방정맞은 사람이 끼

대웅보전 앞 삼층석탑과 누각 앞에서 인사하는 소나무

치는 것이라, 어느 방정맞은 중 하나가 그만 못 참아 어느 때 슬그머니 다가가서 뚫어진 창구멍 사이로 그 속을 들여다보고 말았다.

나그네는 안 보이고 이쁜 새 한 마리가 천정天井을 파닥거리고 날아다니면서 부리에 문 붓으로 제 몸에서 나는 물감을 묻혀 곱게 곱게 단청해 나가고 있었는데, 들여다보는 사람 기척에

"아앙!"

소리치며 떨어져 내려 마룻바닥에 납작 사지를 뻗고 늘어지는 걸 보니, 그건 커다란 한 마리 불호랑이었다.

"대호大虎 스님! 대호 스님! 어서 일어나시겨라우!"

중들은 이곳 사투리로 그 호랑이를 동문 대우를 해서 불러댔지만 영 그만이어서, 할 수 없이 그럼 내생來生에나 소생蘇生하라고 그 절 이름을 내소사來蘇寺라고 했다.

그러고는 그 단청하다가 미처 다 못한 그 빈 공백을 향해 벌써 여러 백년의 아침과 저녁마다 절하고 또 절하고 내려오고만 있는 것이다.

내소사에 와서 이미 작고하신 은사의 시를 만날 줄이야! 나는 대학시절에 미당의 시창작론 강의를 들었던 것이다. 대웅보전의 꽃문을 열고 시가 된 법당 안 단청을 다시 올려다본다. 꽃문은 법당의 부처님께 꽃 공양을 상징하는바, 비로소 미당 선생님의 시도 내소사 부처님을 향한 글 공양이란 것을 깨닫는다. 은사가 제자들에게 말하지 않았던 생전의 숨은 마음이 하나 밝혀지는 느낌이다.

◆ 가는 길

승용차를 이용할 경우, 호남고속도로에서는 정읍 나들목으로 나가 김제·부안 방면으로 달린다. 고부에서 줄포로 가 보안사거리(영전검문소)에서 좌회전하여 내소사 이정표를 찾으면 주차장에 이른다. 서해안고속도로에서는 줄포 나들목으로 나가 보안사거리에서 좌회전하면 된다. 전화 063-583-7281

왕도의 길을 걸을 것인가,
법도의 길을 걸을 것인가

능가산 개암사라고 알리는 일주문을 들어서니 백제 땅 사람들의 오랜 꿈이 뜬구름이 되어 떠도는 것 같다. 옛 삼한시대에는 지금의 개암사 자리가 변한의 왕궁 터였다고 한다. 그들의 꿈은 기원전 282년으로 거슬러 올라간다. 변한의 문왕은 진한과 마한의 공격을 피해 장수 우禹와 진陣을 보내 좌우 계곡에 왕궁을 짓게 한다. 동쪽 계곡에 지은 왕궁은 묘암, 서쪽 계곡에 지은 왕궁은 개암이라 불렸다. 그런데 문왕의 뒤를 이어 재위하던 왕 마연이 두 장수가 죽고 난 뒤 살해되면서 변한은 역사 저편으로 사라진다. 변한의 백성들은 왕궁 뒤에 솟은 바위를 두 장수의 성을 빌려 우진암, 그 산을 변산(卞山, 현재는 邊山)이라고 불렀다.

그러고 보면 개암사開巖寺는 왕기王氣가 서린 변한의 역사를 잇는 절이다. 백제 무왕 35년(634)에 묘련왕사가 왕궁을 절로 개창하여 개암사라고 했기 때문이다. 역사와 설화가 혼재한 개암사의 이야기는 훗날 더욱 흥미진진해진다.

개암사 주변의 변산반도에 사는 부안군 사람들은 백제 멸망을 의자왕이 당나라 장수 소정방에게 항복한 660년 7월로 보지 않고 있는 것이다. 패전한 그날 이후의 백제 역사가 부안 땅에 있다고 믿고 있는바 부안 사람들의 얘기인즉 이렇다.

660년 7월 이후 3년 동안 백제 유민들은 주류성에서 나당연합군에 항쟁한다. 항쟁은 의자왕의 사촌인 복신과 승려 도침이 일본에 가 있던 의자왕의 아들 부여 풍을 받들고 주류성에서 유민들을 규합한 뒤 신라군과 전투를 치렀다. 그러나 세 지도자는 서로 반목한다. 병권을 쥔 복신이 도침을 죽이고, 풍왕까지 살해하려다 오히려 자신이 제거를 당한다. 결국 내분으로 백제 부흥은 물거품이 되고 만다.

그런데 다산 정약용마저 끝내 찾지 못했던 주류성에 대한 위치가 오늘날까지 분분하다. 일찍이 고산자 김정호는 홍주목 즉 홍성설을, 단재 신채호는 연기군설을, 사학자 이병도는 사비성에서 가까운 서천군의 건지산성설을 제기했다. 마지막으로 일본의 사학자 아다 쇼코와 사학자 안재홍 등은 개암사 뒤 울금바위를 둘러싼 위금암산성을 주장했는데, 최근에 백제사를 왕성하게 연구하고 있는 사학자 이도학은 "모두 나름의 설득력을 갖지만 완벽하게 정황이 들어맞는 곳은 부안밖에 없다. 기록들이 증명하고 있다. 논쟁이 끝나지 않았지만 가장 정통성을 갖는 곳은 위금암산성이다"라고 주장하여 위금암산성설에 힘을 보태고 있는 형편이다.

아무튼 통일신라 문무왕 16년(676)에는 원효대사가 신라 땅에서 건너와 절을 중창하고 자신은 장수 우와 진의 한이 서린 우진암, 현재는 울금바위(우금바위)라고 부르는 곳의 동굴로 들어가 수행한다. 서라벌의 호사를 버리고 변방으로 와 민초들에게 야단법석을 편 원효대사의 모습이야말로 수행자의 참모습이 아닐까 싶다.

고려시대 충숙왕 원년(1313)에는 원감국사가 들어와 30여 동의 건물을 중창하면서 개암사는 대가람으로 변모한다. 조선시대에도 태조 14년(1414)에 선탄선사가 왜구들에게 피해를 입은 절을 또 중창, 중수했으나 임진왜란 때 모두 전소되고 만다. 이후 인조 17년(1636)에 계효선사가 대웅보전을 비롯하여 여러 전각과 당우를 복원하였고, 현재의 대웅보전은 6·25전쟁 때 모든 전각이 소실됐으나 유일하게 화마를 당하지 않은 전각이라고 하니 부처님의 가피가 아닐까 싶다.

개울을 지나 느티나무 그늘 길을 걸어 오르는데, 당나귀 귀처럼 솟은 두 개의 거대한 바위가 눈에 띈다. 변한과 백제의 멸망을 기록한 거대한 비석 같은 울금바위다. 현재 울금바위에는 원효대사가 정진했던 원효굴과 장수 복신이 칼을 갈았던 복신굴, 그리고 군사의 옷을 짰다는 베틀굴이 있다고 한다.

순간 번갯불 같은 상념이 머릿속을 스친다. 변한의 마연왕이나 백제의 마지막 풍왕이 무상한 왕도王道의 길에서 목숨을 잃었다면, 진리를 찾아서 법도法道의 길을 걸은 원효대사는 오늘날까지도 우리들의 가슴에 영원히 살아 있는 분이라고 하는 상념이다.

변한과 백제의 부흥의 꿈이 서린 개암사 대웅보전

서원을 담아 가만가만 쳐보고 싶은 소종

대웅보전(보물 제292호)은 정면과 측면이 각각 3칸의 정사각형 전각으로 부잣집 맏며느리처럼 후덕한 느낌이 든다. 천장 여기저기에 용들이 조각된 대웅보전으로 들어 부처님 앞에서 '영원히 사는 길'을 생각하며 무릎을 꿇는다. 문살이 아름다운 창호에 한낮의 햇살이 스며들어 소종小鐘을 어루만지고 있다. 바퀴를 보면 굴리고 싶듯 문득 소종을 가만가만 쳐보고 싶다. 그러면서 조금은 감상에 젖어 혼잣말로 중얼거린다.

'변한의 마연 왕이여, 백제의 마지막 왕 풍왕이여! 이제는 무상한 왕도의 꿈을 버리시고 이 개암사 법당에서 영원불멸한 법도의 길을 찾으소서.'

그러나 한낮의 팽팽한 햇살은 내게 감상을 허락지 않는다. 나를 다시 뜨거운 현실의 시간으로 돌려놓는다. 만개한 배롱나무 붉은 꽃처럼 순간순간 깨어 있으라 한다. 자기만의 꽃을 피우며 절절하게 살라고 한다.

◈ 가는 길

서울에서 승용차로 갈 경우, 서해안고속도로에서 부안 나들목으로 나가 부안읍을 거쳐 고창 방면으로 9.3킬로미터쯤 달리면 개암사 이정표가 보인다. 거기에서 우회전하여 개암저수지를 지나면 절 입구에 다다른다. 부산이나 광주에서 호남고속도로를 이용할 경우에는 장성에서 서해안고속도로를 찾아들어 줄포 나들목으로 나간다. 줄포 방면으로 달리다가 보안면사거리에서 상서면 쪽으로 들면 개암사 이정표가 보인다. 전화 063-583-3871

연꽃들도 사시예불에 동참하듯
활짝 피어 있네

송림사松林寺.

솔향기가 나고 솔바람이 이는 절 이름이다. 그러나 두리번거
려 보아도 소나무 숲은 보이지 않는다. 동행한 이들도 대웅전 뒷
산을 보더니 "어, 소나무가 없네!" 한다. 소나무 숲속에서 홀연히
절이 솟아나 송림사라고 했다는 전설이 무색해진다. 내가 송림
사의 스님이라면 경내에 잘생긴 소나무 몇 그루를 심고 가꾸어
절 이름에 어울리도록 하련만.

그래도 절 자체는 단아하고 내밀한 질서가 있어 보인다. 사시
예불 준비로 마지를 들고 가는 보살의 걸음걸이가 예쁘다. 연꽃
을 만나고 가는 바람같이 날렵하다. 나는 절의 독특한 매력에 이
끌려 주춤거리지 않고 경내로 들어선다. 자세히 보니 절은 낙락
장송 같은 기상이 배어 있다. 벽돌로 쌓은 오층전탑(보물 제189호)
은 범접할 수 없는 위의威儀마저 풍긴다. 수미산처럼 당당하여 두

손을 모으게 한다. 합장하고 고개를 숙이는데 탑 저편에 핀 연꽃 한 송이가 나와 눈을 맞추자고 한다.

탑과 대웅전의 크기를 보니 신라시대 절 같다. 부처님 입멸 후 몇백 년의 세월이 흐르면서 거대했던 탑(스투파)이 차츰 법당보다 작아지게 되었는데, 탑과 법당의 1층 넓이를 비교해보면 절의 역사를 대충 알 수 있는 것이다. 우리나라에서는 인도나 네팔과 달리 아직까지 법당보다 큰 탑이 발견되지 않고 있는데, 그 이유는 중국을 거쳐온 우리의 불교 역사가 삼국시대부터 시작하고 있기 때문이라고 여겨진다. 참고로 우리의 삼국시대는 부처님 입멸 후 천 년쯤 지난 시기다.

송림사는 신라 내물왕 14년(369)에 창건했다는 설과 진흥왕 때 진陳나라 사신이 명관明觀대사와 함께 불서 2,700권과 불사리佛舍利를 가지고 와 이를 봉안하기 위해 세웠다는 설이 있다. 당시 고급 종교인 불교도 선린우호를 위한 외교 수단으로 활용되었던바, 진흥왕 때의 창건설이 더 믿을 만하지 않나 싶다. 신라왕이 선진국인 진나라 사신으로부터 받은 불서와 불사리는 당시로서는 다른 무엇보다도 아주 귀한 선물이었을 테니까 말이다.

절은 고려시대에도 선종 9년(1092)에 대각국사 의천이 중수하는 등 국가의 중요 사찰로 융성하다가 고종 22년(1022)에 몽고군 3차 침략 때 오층전탑만 남고 폐사돼버렸다고 한다. 이후 조선 초기에 중수했으나 또다시 임진왜란 때 전소하여 방치돼 있다가 기성箕城대사의 원력으로 숙종의 어필인 '대웅전' 글씨를 하사받고 전각과 당우를 중창하는 등 불사를 시작하여 철종 9년(1858)

국보급 목조 시왕과 여러 상들이 눈길을 사로잡는 명부전

에 영추永樞선사에 의해 여법하게 회향했다고 한다.

현재는 작은 절로 규모가 축소되어 있지만 그래도 어느 큰 절 못지않게 소중한 문화재를 가지고 있는바, 송림사의 역사가 결코 녹록치 않다는 사실을 방증하고 있는 셈이다. 숙종 때라고 여겨지는 1657년에 향나무로 조각한 석가여래좌상(보물 제1605호)과 1655년에 도우화상이 조각한 석조 아미타여래 좌상(보물 제1606호)이 바로 그것이다. 명부전에 있는 목조 시왕과 여러 상들도 경상북도 유형문화재로 지정되어 있는데, 내가 보기에는 국가가 보호 관리해야 할 조형미가 빼어난 보물급이 아닌가 싶다.

사시예불 중이므로 나는 참배를 뒤로 미룬다. 젊은 스님이 목탁을 치며 염불을 하고, 보살들은 절을 하고 있다. 요즘은 어느 절이든 예불할 때 사용하는 마이크의 증폭된 소리로 귀가 먹먹한데, 송림사 스님은 육성을 고수해서 그런지 그 절절한 음성이 가랑비처럼 가슴에 와 닿는다.

'지심귀명례, 지심귀명례.'

내 편견인지는 모르지만 가능한 한 절에서는 음향기기 시설을 이용하지 않는 게 좋지 않을까 싶다. 법문도 스님의 육성으로 직접 들어야 영혼의 귀가 열려 마음이 격동되는 것이지, 상품으로 녹음된 법문 테이프나 시디는 육신의 귀로 듣는 것밖에 되지 않기 때문이다. 물론 그렇지 않은 이들도 있겠지만 적어도 너그럽지 못한 내 경우는 그렇다. 그러니 손님을 호객하는 사하촌 상가라면 모르겠지만 침묵을 미덕으로 삼는 절에서는 설령 부처님 말씀이라 하더라도 음향기기 사용을 조심했으면 좋겠다.

대웅전을 돌아가니 때늦은 수국 꽃 너머로 조그만 산령각山靈閣과 명부전이 보인다. 명부전에서도 역시 한 스님이 염불하고 있다. 그러고 보니 대웅전 앞의 함지박 속에 핀 연꽃과 수련들도 사시예불에 동참하고 있는 모습이다. 오층전탑도 마찬가지다. 연잎 위의 물방울들도 '원왕생 원왕생' 하고 염불하는 듯한 느낌이다.

하늘이 다시 흐려지고 빗방울이 듣는다. 나는 일부러 우산을 쓰지 않고 경내를 다시 걷는다. 이끼 낀 계단 밑에서는 꽃대궁을 뺀 분홍빛깔 상사화가 스님의 염불소리를 엿듣는지 활짝 피어 있다.

◈ 가는 길

서울, 부산, 대구, 광주에서 승용차로 갈 경우, 중앙고속도로로 달리다가 칠곡 나들목으로 나가 좌회전하여 동명사거리까지 직진하다가 우회전한다. 거기서 조금 지나 송림사 이정표를 보고 2시 방향으로 오르면 곧 송림사에 이른다. 대구버스터미널에서 가려면 버스를 타고 칠곡군 동명면 소재지까지 가서 송림사 가는 버스로 갈아타면 된다. 전화 054-976-8116

4장

흰 구름
걷히면
청산이리네

꽃무릇도 흐느끼다 지쳐 쓰러지네

같은 붉음이라도 단풍이 선동적이라면 꽃무릇은 애원하고 호소하는 듯하다. 그리운 마음을 안으로 삭이고 있는 모습이다. 그래서인지 꽃무릇 빛깔은 노을처럼 그윽하고 깊다. 불길처럼 타는데도 눈부시지 않다. 누군가의 발길이 너무 늦어서인지 산자락한편에서는 꽃무릇 무리가 흐느끼다 말고 이제는 지고 있다. 무엇이건 간에 지고 사라진다는 것은 눈물의 흔적을 보는 것처럼안쓰럽다.

꽃무릇.

사람들은 상사화想思花라고 부르기도 한다. 용천사의 누각도상사루다. 꽃과 잎이 운명적으로 만나지 못하는 꽃이다. 꽃이 필때는 잎이 사라지고, 잎이 나오면 꽃은 또 자취를 감춘다. 어느대중가요 가수가 애절하게 부른 〈이루어질 수 없는 사랑〉이 바로 꽃무릇이다.

용천사龍泉寺를 찾는 사람들은 대부분 절을 먼저 보지 않는다. 절 옆에 '왜 이제 왔어요' 하고 부르는 꽃무릇을 먼저 찾는다. 나 역시도 꽃무릇이 무리 지어 피어 있는 산자락으로 올라가 상념에 잠긴다.

꽃무릇이 들불처럼 피어 있다. 그리움이 사무쳐 발화점發火點에 와 있는 느낌이다. 절 마을에 전해오는 설화 한 토막이 떠오른다. 신파극 같은 얘기지만 말이다. 한 여인이 용천사에서 수행하는 스님을 사모하였다. 여인은 미망인이었다. 여인은 스님이 죽은 지아비처럼 남자로 보였다. 그러나 스님은 애원하는 여인을 꾸짖었다. 그래도 여인이 절에 찾아오자 스님은 멀리 떠나 소식이 끊긴다. 세월이 흘러 여인은 병들고, 결국 어느 여름날 용천사 옆에서 죽는다. 바로 그해 가을, 여인은 잎을 내밀 새도 없이 꽃으로 먼저 환생한다. 그 꽃이 바로 꽃무릇이다.

나라면 여인을 맞아들여 한평생 아들 딸 낳고 살았을 것 같다. 해탈보다는 사랑이 더 아름다운 것 아닌가. 시간이란 영원한 것이다. 금생의 해탈을 미루고 내생에 서로 도반으로 만나 도 닦으면 어떤가.

용천사는 백제 침류왕 1년(384)에 인도에서 온 마라난타가 터를 잡았다는 설과 이보다 1백여 년 뒤 백제 문주왕 때 행은幸恩선사가 창건했다는 설이 있는 고찰이다. 가장 융성했던 시기는 각진국사가 머물던 고려 말이었는데, 이후 소실로 인한 몇 번의 중창이 있었지만 6·25전쟁 때에도 전소되어 절터만 남게 되었다가 최근 옛 보광전 자리에 대웅전을 건립하는 등 복원의 삽질이

상사루 기둥 사이로 보이는 시원한 풍경과 그늘

다시 시작되고 있다. 대웅전에 석가모니불이 아닌 아미타불이 봉안되어 있는 것은 그동안 경황없는 곡절을 말해주고 있다.

산자락에 핀 꽃무릇을 만나면서 가다 보니 정문으로 들어서지 않고 석탑이 있는 곳으로 실례를 하고 만다. 석탑과 석등 뒤로도 꽃무릇이 그늘을 밝히고 있다. 석등 앞 안내판에 눈길이 머문다. '전라남도 유형문화재 제84호'라고 쓰여 있다. 정감 어린 석등이다. 위쪽부터 감상하자면 이렇다. 가분수처럼 큰 지붕이 투박하고, 불빛이 새어 나왔을 네 개의 둥그런 화창火窓이 정겨우며, 화창과 이어진 팔각기둥의 네모난 받침석 상단의 두 면에 머리를 위로 향한 거북의 조각이 귀엽다.

문득 미황사 부도에 새겨진 동물들이 떠오른다. 거기에 새겨진 거북과 모양이 같다. 여기서 미황사는 그리 먼 거리가 아니고, 이곳 석등이나 미황사 부도나 조선시대의 작품이기에 같은 장인이거나 아니면 서로 영향 받은 조각이 아닌지 궁금하다.

대웅전 그늘에 서 있는데 서너 명의 시골 사람들이 다가온다. 그들 역시 석등을 보러 온 듯하다. 가만히 귀 기울여 그들의 사투리를 듣고 보니 이 고장 사람들이다.

"건물들은 육이오 때 불타고 이 석등만 남았당께. 함평에서는 정말 큰 절이었는디 육이오 땜시 제 구실을 못하게 되아부렀제. 그리도 상사화가 있어 사람들이 찾아와 절이 이만큼이라도 옛날 모습을 찾아가고 있는 것이여."

"육이오 때 나도 공비 토벌하러 왔지. 서해안에서 함포 사격하고 불 지르는 바람에 절이 없어진 거여. 육이오 전에 수학여행을

아름다운 석등 화창에 삼층탑이 들어와 있다

와서 여기서 1박 하고 산을 넘어 불갑사로 갔제."

그제야 나그네는 수학여행 왔었다는 그 사람에게 묻는다.

"수학여행 온 학생들이 묵어갈 수 있을 만큼 절이 컸습니까?"

"이 일대가 다 절이었제."

그러면서 대웅전 앞 용천수 얘기를 들려준다. 당시 주지스님이 학생들에게 들려주었단다.

실꾸리를 우물에 넣어도 끝이 닿지 않는 샘이었다고 한다. 그래서 용천사라고 하였다나 어쨌다나. 당시 초등학생이었던 그에게는 신비하게 들렸을 법한 얘기이다.

절을 나설 무렵에야 한 노승을 만난다.

"스님, 절 뒷산 이름이 무엇입니까?"

"모악산이오, 불갑산이라고도 하고."

스님은 절의 어수선한 분위기를 굳이 숨기지 않는다.

"주위를 발굴해보니 유물들이 많이 나와요. 저쪽에서는 해골도 나왔어요. 그래서 청화 큰스님이 살아 계실 때 매년 음력 9월에 천도법회를 했어요."

꽃무릇은 여인이 죽어 환생한 꽃이 아니라 6·25전쟁으로 목숨을 잃은 사람들의 넋인지도 모를 일이다. 음력 9월이면 양력으로 10월 무렵이다. 꽃무릇이 절정에 달하여 붉음을 토해내는 동안 절에서는 천도법회를 하여 한 맺힌 혼들을 해원解寃하는 계절이 되는 셈이다.

가을의 용천사는 고요하고 적적하나 그 내면은 뜨겁고 간절하다. 용천사가 한 맺힌 혼들을 해원하는 것처럼 우리들 자신도

누군가를 위하여 살아야 하지 않을까. 꽃무릇 한 송이가 사랑이 식은 가슴을 덥게 해준다. 대웅전 앞 계단을 내려서는데 계단의 소맷돌에 조각된 연꽃이 눈길을 사로잡는다. 그 옛날에 용천사를 들렀던 석공은 법당의 부처님에게 연꽃을 공양하는 마음으로 조각하였을 터이다. 연꽃은 법당을 향해 피어 있는 것이다.

◆ 가는 길

서울에서 승용차로 갈 경우, 서해안고속도로를 타고 가다 함평 나들목으로 나가자마자 좌회전하여 영광 방면으로 달린다. 함평자연생태공원 입구를 지나 신광면 삼덕리 삼거리에서 우회전하여 고개를 하나 넘으면 곧 용천사 이정표가 나타난다. 부산이나 대구에서 갈 경우에는 남해안고속도로와 88고속도로에서 호남고속도로를 타고 서광주 나들목을 지나 산월 나들목으로 나간다. 시청 가는 빛고을로로 달리다 무안광주고속도로를 찾아 바꾸어 타고 가다가 함평 나들목으로 나가면 용천사 이정표가 나타난다. 전화 061-322-1822

배롱나무 꽃무더기 속에서 석탑을 보다

오락가락하던 비가 개었다. 비에 씻긴 선방산船放山 산색이 더 없이 푸르다. 그런데도 지보사持寶寺 가는 길의 내 마음은 청명하지 못하다. 얼마 전에 소신공양한 문수 스님이 1천 일 동안 동구 불출의 수행을 했다는 지보사 가는 길이기 때문일 것이다.

군위읍에서 가까운 거리에 김수환 추기경의 생가가 있건만 그곳의 방문은 다음 기회로 미룬다. 추기경 어른의 생가를 들를 만큼 마음이 한가롭지 못하다. 자기 몸을 불태워 부처님(진리)께 바치는 소신공양의 의미가 나를 먹먹하게 한다. 너무 큰 충격이었다. 솔직하게 고백하자면 안타까운 나머지 분노가 치민다. 이 세상은 스님의 소신공양을 받을 만큼 진실한 정토인가. 스님께서는 탐욕으로 치닫는 무한경쟁의 세상을 온몸으로 나무라고 가신 것이다.

지보사는 군위읍에서 그리 먼 거리에 있지 않다. 읍에서 벗어

나자마자 한가로운 산길이 이어지더니 어느새 지보사 경내다. 절 주차장 한쪽이 거뭇거뭇하다. 문수 스님을 다비한 연화대였던 것 같다. 스님은 저 연화대에서 24과의 사리를 남기고 이승을 떠나 셨다. 1천 일 동안 무문관 수행을 하시는 동안 스님의 화두는 무 엇이었을까.

　스님은 하루 한 끼 공양을 받으며 자기 자신을 위해 정진한 것이 아니라 세상을 위해 치열하게 고뇌했음이 스님의 유서에 드 러나 있다. 스님은 세상의 모든 생명을 사랑했음이 분명하다. 강가의 풀 한 포기, 강의 물고기 한 마리조차 스님과 한몸이라고 생각했던 것이다.

4대강 사업을 즉각 중지 폐기하라. 부정부패를 척결하라. 재벌과 부자가 아닌 서민과 가난하고 소외된 사람들을 위해 최선을 다하라.

보화루 오르는 계단 입구의 바위에 음각된 글씨를 보면서 호흡을 고른다. 낯익은 문장이다.

생각은 말이 되고, 말은 행동이 되고, 행동은 습관이 되고, 습관은 운명을 좌우한다.

잊지 말아야 할 좋은 말씀이다. 그러나 부처님 법문이라 하더라도 좋은 말씀에만 머무르면 박제된 지식일 뿐이다. 내 삶이 변화하려면 좋은 말씀이 지혜로 승화되어야 한다. 나는 계단을 오르면서 말씀을 거꾸로 음미해본다.

'운명을 바꾸려면 습관을 바꿔야 되고, 습관을 바꾸려면 행동을 바꿔야 되고, 행동을 바꾸려면 말을 바꿔야 되고, 말을 바꾸려면 생각을 바꿔야 된다.'

피동적인 말씀이 능동적으로 바뀌었다. 수행이란 한 생각을 바꾸는 용맹정진인 것 같다. 흔한 말로 사고의 대전환이 수행이다. 《반야심경》도 잘 살펴보면 사고의 대전환을 요구하고 있다. 사고의 대전환이란 깨달음과 동의어일 것이다. 실체가 없는 모든 존재의 본질을 사무치게 깨달아서 집착과 탐욕을 벗어나 영원한 행복을 누리라는 메시지가 《반야심경》의 핵심이리라.

지보사는 신라 문무왕 13년(673)에 의상대사가 창건했다고 한다. 보물을 많이 지니고 있다고 해서 지보사라고 했다지만 내 눈을 사로잡는 보물은 보화루 왼쪽에 있는 삼층석탑(보물 제682호)이다. 통일신라시대 양식의 팔부신중八部神衆이나 사자 등의 조각 솜씨가 우수해 보물로 지정됐을 것이다. 때마침 배롱나무 꽃무더기가 피어나 석탑이 더욱 우아하고 장엄한 느낌이 든다.

대웅전의 편액 글씨가 정겹다. 입적하신 일타 큰스님의 글씨다. 동글동글하게 뭉쳐 이어지는 독특한 선필禪筆이다. 아직도 대웅전에는 문수 스님의 영정사진이 봉안돼 있다. 큰 눈은 옹달샘처럼 맑고 꼭 다문 입가에는 결기가 배어 있다.

"스님께서는 하루 한 끼 떡 한 쪽으로 1천 일을 정진하신 분이었습니다. 정진을 마치시고 절에서 가까운 주유소를 들렀다가 낙동강가로 나가 단정히 가부좌를 틀고 소신공양을 했습니다."

문수 스님 영전에 삼배를 하는데 갑자기 불교환경운동을 주도했던 수경 스님이 어느 일간지에 기고한 추도사가 떠오른다. 소신공양한 문수 스님을 기리는 글이었다.

여기 한 죽음이 있습니다. 세상의 빛이 된 죽음입니다. 소신공양입니다. 자신의 몸을 심지로 삼아, 자신이 믿고 따르는 가르침을 온 세상에 드러내 보였습니다. 문수 스님입니다. 스스로 몸을 불살라 시대의 미망에 빛을 드리웠습니다. (……)

배롱나무 꽃불로 소신공양하고 있는 듯한 석탑

문수 스님은 3년간 무문관 수행을 한 수좌입니다. 아직 깨달음을 얻지 못한 사람으로서 함부로 할 말이 못 되지만, 문수 스님은 생사의 관문을 뚫었습니다. 일대사를 마친 후 가부좌를 풀었습니다. (……)

소신공양의 의미가 겨우 풀리는 느낌이다. 지보사 법당 마룻바닥에 엎드려 헤아리는 자각自覺이다. 법당을 나서는데, 배롱나무 꽃무더기 속에 선 석탑이 나를 다시 부른다. 배롱나무 꽃무더기가 문수 스님을 불사르는 불길로 보인다. 그러나 사람들에게 해를 입히는 화마가 아니라 세상을 아름답고 향기롭게 하는 꽃불이다. 문수 스님이야말로 지보사의 무형의 보물이 아닐까 싶다.

지보사를 내려서는 길에 잘생긴 석종石鐘 모양의 부도를 참배하면서 무염당無染堂이란 음각 글씨를 보고 묘한 인연에 휩싸인다. 내 법명이 무염이니 부도의 주인공과 동명이인同名異人이다. 자세히 살펴보니 신라시대 성주산문을 개창한 무염국사는 아니다. 숙종 26년(1700)에 무염당의 제자 수언守彦이 부도를 세웠다는 명문이 있기 때문이다. 영광불갑사삼존불을 조각한 그 무염 스님일 것이다.

◈ 가는 길

서울에서 승용차로 갈 경우, 경부고속도로에서 영동고속도로로 바꾸어 신갈분기점에서 다시 중부내륙고속도로를 타고 내려가다가 상주 나들목으로 나간다. 거기서 군위 방면으로 달리다 보면 지보사 안내표지판이 보인다. 부산, 대구, 광주에서 갈 경우에는 중앙고속도로를 타고 올라가다 군위 나들목으로 나가 첫 삼거리에서 우회전하여 의성 탑리 방면으로 2킬로미터쯤 달린다. 거기서 지보사 안내표지판을 보고 좌회전하여 산길을 오르면 지보사가 나온다. 전화 054-383-2898

다도란 알뜰함을 기르는 것이다

절 이름 가운데 다솔사만큼 정겨운 이름도 드물 것이다. 절 이름만 떠올려도 소쇄한 솔바람이 파도소리를 내는 것 같다. 선가에서는 그런 소리를 송도활성松濤活聲이라 한다. 깨달음의 공간에서 오롯하게 듣는 솔바람 소리라는 뜻이다.

나는 다솔사를 갈 때 꼭 아침에 간다. 늦어도 정오 전에 도착한다. 이번에도 아침 햇살이 흰 손수건처럼 어른거리는 다솔사 오솔길을 걷고 있는 중이다. 솔숲은 시간에 따라 그 모습을 바꾼다. 좋은 기운을 내뿜는 아침 솔숲은 지금 이 순간을 감사하게 한다.

세상에서 가장 소중한 시간이 있다면 지금 이 순간이다. 과거의 시간은 이미 사라졌고, 미래의 시간은 아직 오지 않았다. 나를 숨 쉬게 하는 시간은 오직 지금 이 순간뿐인 것이다. 그러니 지금 이 순간 나를 나답게 온전히 드러내는 것이 잘 사는 일일

부처님은 열반에 드는 순간에도 미소 짓고 있네

터이다.

신라 지증왕 4년(503)에 연기조사가 창건한 다솔사의 제1경景은 무엇일까. 나라면 다솔사 초입의 솔숲을 추천하겠다. 그렇다면 참으로 고마워해야 할 수행자가 한 분 있다. 다솔사란 절 이름은 원래 소나무와 상관없는 다솔사多率寺다. 주산인 봉명산이 주변의 많은 산들을 통솔하고 있는 형세이므로 다솔多率이라는 이름이 붙은 것이다.

그러나 효당曉堂 최범술崔凡述(1904~1979) 스님이 일꾼들을 데리고 절 주변에 소나무와 편백나무, 차나무를 심고 가꾸면서 거대한 숲이 형성돼 다솔사가 싱그럽게 바뀐 것이다. 사실, 나무를 사랑했던 효당의 그림자를 지워버린다면 다솔사의 눈부신 현대사는 빛을 잃고 만다. 효당은 일제강점기 때 출가하여 독립운동을 했던 지사이자, 제헌국회의원으로 활동한 정치가, 국민대학교를 설립한 교육자, 차를 일반인들에게 대중화시킨 수행자였다.

1904년 다솔사에서 30리쯤 떨어진 경남 사천군 서표면에서 태어난 효당은 곤양보통학교를 졸업한 다음해인 1916년에 다솔사로 출가한다. 그는 승려 신분으로 일본 유학생이 되어 다이쇼대학(大正大學)에서 불교학을 공부하고, 국내로 돌아와 박열朴烈의 천황암살계획을 돕고자 상하이로 잠입하여 폭탄을 운반한다. 8개월간의 옥고를 치른 그는 단재 신채호의 유고를 간행하여 또다시 고초를 겪는다. 이후 만해 한용운의 제자가 되어 항일비밀결사체인 만당卍黨에 참여하며 만해의 환갑잔치를 다솔사에서 치

러주고 해방 후에는 해인사 주지를 지내는 등 다양한 경력과 일화를 남긴 가운데 1960년 그의 나이 56세를 분기점으로 다솔사 조실로 주석하면서 1979년 입적 때까지 여생을 차로 회향한다.

경내로 들어, 젊은 시절의 김동리가 다솔사에 광명학원(1936~1940)을 세워 농촌계몽운동을 펼칠 때 야학의 수업장소였던 대양루大陽樓를 지나 부처님 열반상이 모셔진 적멸보궁으로 들어가 삼배를 한다. 열반상 너머로는 범종 모양의 진신사리탑이 보인다. 어둑하지만 열반에 드신 부처님의 얼굴에 어린 미소가 눈길을 끈다. 부처님은 열반에 드시는 순간에도 미소를 짓고 있다. 이 세상에서 저보다 더 평화로운 죽음의 풍경이 또 있을까. 장엄한 일몰과 흡사하다. 부처님이 일생을 어떻게 사셨는지, 부처님의 살림살이가 미소 속에 다 드러나 있다. 후회와 아쉬움이 털끝만큼도 없는 얼굴이다. 생사를 초월해버린 표정이다.

보궁 앞에는 소국이 노랗게 만발해 있다. 소국을 보니 문득 만해 스님이 떠오른다. 효당이 삼천포 형무소에 갇혀 있을 때 만해 스님이 국화 한 다발을 구해 면회 신청을 했다가 거절당하자, 들고 있던 국화 다발로 간수를 내려쳤던 것이다.

만해의 환갑을 기념하여 심었다는 향나무를 찾는데 안내표지판에 나와 있지 않다. 효당이 주석한 죽로지실竹露之室도 나와 있지 않다. 한 사람의 다인茶人으로서 쓸쓸하다. 효당을 오랫동안 시봉했던 원화보살의 증언이다.

"죽로지실에는 사시사철 백탄 숯을 피운 화로에 찻물 끓는 철

효당의 명차 '반야로차'의 시원지인 차밭

병이 얹혀 송풍성松風聲을 내고 있었다. 그 찻물 끓는 소리는 겨울이면 다솔사 골짜기에 가득한 소나무 위로 우우- 하고 휩쓸고 지나가는 겨울바람 소리와 같았고, 여름이면 뜰 앞의 잣나무에 후드득 떨어져 내리는 빗소리와 같았다. 인적 드문 산사를 휘감아 도는 그 솔바람 소리와 잣나무에 비 떨어지는 소리는 죽로지실의 찻물 끓는 소리와 어울려 그지없이 적막하고도 청량했다."

효당은 다솔사의 흙 한 톨 파헤치는 것도 나무랐다고 전해진다. 대중들이 빗자루에 힘을 주어 마당을 싹싹 소리 내어 쓸 때마다 효당이 방문을 열어젖히고 "도대체 너희들이 마당을 쓰는 것이냐, 마당을 파고 있는 것이냐!"라고 호통을 쳤다는 것이다. 티끌에만 빗자루를 대야지 마당의 흙을 파서는 안 된다는 꾸지람이었던 것이다.

김동리가 1963년에 《등신불》을 집필하였던 요사채의 방은 그나마 복원돼 있다. 효당은 김동리에게 주례를 서주었고 소설을 집필할 수 있도록 방을 배려했던 것이다. 단체로 탐방 온 중학생들이 '김동리의 방' 앞에서 참새처럼 재잘거린다. 국어교과서에서 본 소설이니 더욱 실감 날 것 같다.

다솔사의 제2경은 아무래도 법당 뒤편으로 펼쳐진 차밭이 될 것 같다. 이 차밭도 효당이 일군 것인데, 효당의 증차인 '반야로차般若露茶'의 시원지가 되는 셈이다. 장작불에 달군 가마솥에 서너 시간 동안 들어내지 않고 만들어지는 '반야로차'는 하루에 수십 잔을 마셔도 탈이 없고, 오히려 편두통을 사라지게 하는 묘약이라고 하는데, 마셔보지 못했으니 그 효용을 실감할 길이 없다.

효당은 사람들에게 '다도무문茶道無門'이란 글씨를 즐겨 써주었다고 한다. 다도란 가르쳐줄 문이 없으니 스스로 체험하라는 뜻일 것이다. 다만, 차나무를 기르고 잎을 따서, 차를 만들고 마시는 그 정신은 알뜰함(誠)을 기르는 데 있다고 하였으니 차뿐만 아니라 모든 일에 알뜰함을 바친다면 이루지 못할 일은 없을 터이다.

다솔사의 제3경은 절을 찾는 사람의 몫으로 남기고 싶다. 무엇을 말하여 관념의 울타리에 가둬버리면 그만큼 상상력은 사라져버리니까! 지금 내가 가는 곳은 응진전이다. 응진전은 내가 누구인지를 되돌아보는 공간이다. 만해 스님이 정진했던 전각이다. 만해 스님처럼 화두를 들고 앉아 있지 않아도 된다. 열여섯 나한님들의 각기 다른 얼굴을 보고만 있으면 된다. 눈길이 오래도록 멈추는 나한님이 있다. 그렇다. 웃는 나한님을 따라 나도 마음속으로 하하하 웃는다. 번뇌는 어느새 저만큼 달아나버리고 텅 빈 마음에 무언가 충만해진다. 그것을 안심安心이라 부르는 것일까.

◆ 가는 길

남해고속도로에서 곤양 나들목으로 나가면 바로 곤양읍이 나오고, 다솔사는 읍에서 하동 방면으로 2킬로미터쯤 떨어진 거리에 있다. 승용차로 15분 정도 걸린다. 대중교통을 이용할 경우에는 진주시외버스터미널에서 다솔사 입구까지 버스가 한 시간 정도의 간격으로 아침 7시부터 밤 10시 조금 지나서까지 운행하고 있다. 다솔사 입구에서 다솔사까지는 걸어서 10분 걸린다. 전화 055-853-0284

귀 속의 귀가 열리고 눈 속의 눈을 뜨다

전국의 선원 문이 열리는 해제 날이다. 스님들은 바랑을 메고 만행을 떠나는데, 나는 지인이 운전하는 차에 동승하여 대흥사로 가고 있는 중이다. 대흥사 범각 주지스님을 뵙기로 약속한 날짜가 공교롭게도 해제 날이다. 스님을 만나기로 한 까닭은 다산 정약용에게 차를 가르쳐주었던 혜장선사에 대한 자료를 건네받기 위해서다. 또 하나, 더 이유를 보탠다면 두륜산 골짜기에서 공명하는 대흥사의 범종소리를 또다시 듣고 싶어서다.

범종소리를 듣고 나도 모르게 눈물을 흘린 적이 있다. 풋풋한 대학시절의 기억이다. 산그늘이 드리운 어느 절 산문을 막 들어서는 순간 범종소리를 듣고 가슴에 해일이 일었다. 내 탁한 의식을 파도처럼 뒤흔들었지만 정신은 곧 가을 논물과 같이 맑아졌다. 몇 년 뒤 그때의 일을 어느 노스님에게 얘기했더니 내가 '전생부터 불가와 인연이 깊은 사람이었을 것'이라고 말했다. 송광사 방장스님이었던 구산 노스님은 내게 출가할 것을 강권하기까지 했다.

예부터 불가에서는 범종소리를 부처님 음성이라고 했다. 우리가 에밀레종이라 부르는 성덕대왕신종에도 '신종神鐘을 걸어 부처님 음성을 깨닫게 하노라'고 명문銘文이 새겨져 있다. 두말할 것도 없이 부처님 음성이란 모든 중생의 영혼을 적시는 맑고 향기로운 법음法音인 것이다.

이윽고 대흥사 초입에 도착하여 차창으로 흘러넘치는 두륜산의 공기를 들이마신다. 승용차에서 내려 옛길을 걸어본다. 산길은 변해 있다. 예전에는 차도가 부도 앞을 지나서 연지蓮池에 다다랐는데 지금은 개울 밖으로 물러나 있다. 열세 분 대종사와 열세 분 대강사의 혼이 서린 부도 앞을 무례하게 지나쳤던 것에 대한 참회인 듯 싶다. 나 역시 어느 해인가 일지암을 오르느라 세속의 먼지를 끼얹고 왔다 갔음을 고백하지 않을 수 없다.

나는 여러 부도 앞에서 합장하고 대흥사에 왔음을 고한다. 특히 서산대사와 초의선사 부도 앞에서는 마음속으로 엎드려 삼배를 올린다. 두 분 모두 내 영혼의 스승이자, 내 정신의 방장스님이다. 한 분은 임진왜란 때 나라를 구한 호국의 고승으로, 또 한 분은 진정한 다도茶道를 일깨워준 고승으로 내 의식 속에 깊이 각인돼 있는 것이다. 서산대사의 예언대로 골짜기가 깊고 그윽한 대흥사는 만세토록 훼손당함이 없을 땅이니 두 분의 숨결이 가득한 유물들 또한 대중의 원력까지 더해져 길이길이 잘 보존될 것으로 믿는다.

서산대사가 예언한 땅, 누워 있는 부처님 형상의 두륜산

주지스님 거처인 일로향실一爐香室에 들어 범각 스님과 차를 한 잔 나눈다. 스님은 약속한 혜장선사의 자료를 건네주고는 차를 따른다. 나는 주로 듣는 입장에서 스님의 불교문화에 대한 관심과 안목에 놀란다. 스님은 대흥사를 품고 있는 두륜산이 와불형臥佛形이라고 말한다. 그러고 보니 좀 전에 일주문에서 보았던 두륜산이 '누워 있는 부처'처럼 보인 것도 같다.

일로향실을 나서 초의선사가 머물렀던 일지암도 올라보고, 다시 천불전 처마 밑에서 서성이며 오후 시간을 내내 경내에서 보낸다. 석양이 기울고 나자마자 홀연히 범종소리가 들린다. 저녁예불 때 외는 종송鐘頌이 번갯불처럼 머릿속을 스친다.

이 종소리 듣고 번뇌 끊어

지혜가 자라나 깨달음 생기네.

지옥을 여의고 삼계를 벗어나

원컨대 성불하여 모든 중생 제도하여지이다.

聞鐘聲煩惱斷

智慧長菩提生

離地獄出三界

願成佛度衆生

범종각 앞에서 한동안 명상에 잠긴다. 짧은 순간이지만 범종소리에 온갖 잡념이 사라진다. 나와 범종소리가 하나 되니 한 생각조차 스며들 틈이 없다. 마치 범종소리에 나라고 고집하는 내가 사금파리처럼 산산이 깨져버린 듯하다. 내 육신과 의식은 비로소 청정한 시공時空에 머문다. 무아無我의 상태다. 찰나의 법열이지만 충만充滿이 목에까지 차오른다. 범종소리는 계속해서 허공으로 울려 퍼진다.

대흥사의 축복은 여기서 멈추지 않는다. 대흥사는 다른 절과 달리 범종각에 법고와 목어, 운판이 범종과 함께 있지 않고, 그 법구들은 대웅보전 맞은편 누각인 침계루枕溪樓 2층에 있다. 말 그대로 법고法鼓는 '법을 전하는 북'이다. 법고는 침묵 중이지만 둥둥둥 하고 마음 심心자를 그리고 있는 듯하다. '아제아제 바라아제 바라승아제 모지 사바하' 하고 진리에의 축복과 절정의 주문을 외고 있는 것 같다.

목어木魚는 중국에서 전해진 물고기 모양을 한 법구인데, 백장청규百丈淸規에 의하면 물고기는 항상 눈을 뜨고 있으므로 그 모습을 나무로 조각하여 걸어두고 두드리면 수행자의 졸음을 쫓고 흐트러진 마음을 경책한다고 했다. 처마 끝에 매달린 풍경이나 목탁도 눈을 뜬 물고기 모양으로 부지런히 정진하라는 뜻이 담겨 있을 것이다. 나 역시 내 산방에 풍경을 달아놓은 까닭도 스스로 나태해지지 않기 위해서다. 물고기가 뛰어오르는 모습을 활발발活潑潑이라고 하던가. 내게 주어진 지금 이 순간을 남김없이 온전하게 소진하기 위해서다. 세상의 슬프고 기쁜 얘기를 전해주고 가는 바람의 소식을 듣고자 함인 것이다.

이미 저녁의 사물의식은 끝나버리고, 누각 옆을 흐르는 개울 물 소리가 차갑다. 이마가 서늘해진다. 며칠 전 내린 폭우로 불어

대흥사의 가풍을 상징하는 서산대사탑비와 초의선사부도

난 개울물은 기세 좋게 흐르고 있다. 개울물을 베개 삼아 자리 잡고 있는 누각이라 하여 침계루라 하였을 터이다. 나 또한 개울물을 베개 삼아 침계루 법구들의 의미를 되새겨본다. 법고는 축생을, 목어는 물고기를, 운판은 나는 새들을 제도한다고 하였던가. 누각을 지키는 법구들만 보아도 불교는 인간만의 구원이 아닌 뭇 생명을 위한 종교임이 드러난다.

어느새 두륜산 와불이 방광放光하듯 별들이 팽팽하게 돋아나 있다. 멀리 광목 자락 같은 은하수도 보인다. 부처님은 어느 제자에게 단잠을 즐기라고 밤하늘에 별들이 반짝이는 것은 아니라고 말씀했다. 그렇다. 내 의식도 어디서든 서 있는 자리마다 별처럼 또록또록 깨어 있어야 한다. 침계루 머리맡을 흐르는 개울물처럼 순간순간 온몸으로 살아야 한다.

은하수가 흐르는 소리마저 들릴 것 같은 보름날 밝은 밤이다. 산문을 지나 저잣거리로 다시 나가는 숲길이 어둡지 않다. 천년고찰 대흥사에 들러 귀 속의 귀가 열리고, 눈 속의 눈을 뜬 느낌이다.

◈ 가는 길

서울에서 승용차로 갈 경우, 호남고속도로를 타고 장성을 지나 광주·비아 나들목으로 나간다. 그리고 첫 삼거리에서 좌회전하여 나주를 지나 영산포까지 가서 영암 방면으로 좌회전한다. 해남과 완도로 갈라지는 큰 삼거리에서 해남읍으로 들어서면 되고, 해남읍에서 대흥사 이정표대로 좌회전하면 절 밑의 주차장에 이른다. 대구에서 갈 경우에는 88고속도로를 이용하여 광주까지 간 뒤, 서울에서 가는 방향을 참고하면 된다. 대중교통을 이용할 경우는 서울고속버스터미널과 동서울종합터미널, 부산서부터미널, 광주종합터미널, 목포고속터미널에서 각각 해남행 버스를 타면 된다. 전화 061-534-5502

호랑이 앞발 자리에 부처님을 모신 까닭은?

도갑사道岬寺는 월출산 남동쪽의 산자락에 있다. 호랑이가 앞발을 치켜든 곳이라고 하니 호환虎患의 으스스함이 느껴진다. 앞발 하나를 치켜든 것은 곧 움직일 의지가 있다는 자세이리라. 한자로는 정중동靜中動이다. 그런데도 도선국사는 그런 자리에 도갑사를 창건했으니 추측건대 국사의 특장인 비보풍수裨補風水를 당연히 참고했을 것이다. 호랑이 앞발 자리에 부처님을 모시게 되면 사나운 호랑이의 기세가 유순해질 것이기 때문이다.

풍수지리를 얘기하면 과학적인 사고에 익숙한 사람들은 대부분 반신반의하는 표정을 짓는다. 심지어는 미신이 아니냐는 사람도 있다. 그러나 내 생각은 다르다. 부처님은 개유불성皆有佛性이라 하여 세상의 존재들은 다 불성이 있다고 했다. 나무와 풀, 새와 짐승, 바람과 물, 땅과 바다 등등 자연의 모든 존재에 다 부처님 성품이 깃들어 있다고 본 것이다.

극도로 단순화시킨 절제의 미가 돋보이는 도갑사 해탈문

도선국사의 풍수지리에 대한 관점도 개유불성 정신에서 비롯되지 않았을까. 그래서 도선국사의 풍수를 비보풍수라고 한 것이다. 비보神補란 모자라면 돕고 만족스럽지 못하면 고친다는 뜻이므로 비보풍수란 신앙적으로 자비와 공생을 형상화시킨 풍수가 아닐까 싶다. 그렇기 때문에 도선국사가 창건한 절과 탑들을 비보사탑이라 부를 터이다. 요즘 말로 하자면 도선국사는 우리나라 최초로 자연과 절을 상생의 차원에서 디자인한 걸출한 거장이라 할 수 있다.

도갑사 주변에는 도선의 탄생설화 등이 지명에 얽혀 전해지고 있다. 성인 도선이 태어났다고 해서 성기동聖起洞이고, 바위에 버려진 도선을 비둘기들이 키운 곳이라고 해서 구림鳩林마을이고, 도선이 버려졌던 바위는 훗날 국사암國師岩이 된 것이다. 그러니 월출산은 도선국사에게 정기를 준 산이고, 도갑사는 도선국사의 정신이 일주문의 주련처럼 천년을 하루같이 이어지고 있지 않나 싶다. 일주문의 주련이 발걸음을 멈추게 한다.

천겁이 지나도 옛날일 수 없고
만세가 흘러도 늘 오늘이라네.
歷千劫不古 恒萬而長今

일주문을 지나 절 매표소에 이르니 바로 해탈문이 나타난다. 도갑사 건물 중에서 내가 가장 좋아하는 해탈문이다. 해탈문의 소맷돌은 늘 정겹다. 소맷돌에 보이는 태극문양은 언제나 예사롭지 않은 의문부호다. 감포의 감은사지 탑의 기단석이나 백제 부소산성의 수막새 등에 새겨진 태극문양이 어째서 도갑사 해탈문 소맷돌에도 나타나는지 궁금한 것이다. 주역을 그림으로 압축한 것이 태극문양이라는 중국인 학자의 주장도 있지만 우리 고유의 전래문양은 아닌지 더 연구해볼 만한 것 같다.

내가 해탈문을 사랑하는 까닭은 극도로 단순한 절제의 미美가 드러나 있기 때문이다. 뿐만 아니라 멋을 부리지 않은 맨얼굴의 자연스러움이 사랑스럽다. 군더더기가 없는 무소유의 건물이라고나 할까. 해탈문은 마음을 편하게 하는 매력이 있다. 건물의 족보도 분명하다. 조선 세조 3년(1457)에 신미대사와 수미왕사가 발원하여 조선 성종 4년(1473)에 완공했다는 상량문이 발견된 것이다.

해탈문에서 바로 눈에 들어오는 것은 소박한 오층석탑(보물 제1433호)과 웅장한 중층重層의 대웅보전이다. 갑자기 큰 규모의 대웅보전에 놀랄 사람도 있겠지만 도선국사의 비보풍수를 참고해보면 그럴 일만도 아니다. 앞발을 치켜든 호랑이를 제압하려면 저 정도 크기의 법당이 들어서야 하지 않을까.

오층석탑 옆에는 숙종 8년(1682)에 조성된 석조(石槽, 전라남도 유형문화재 제150호)가 있는데 언제 보아도 물이 가득 차 있다. 조성한 연대가 분명하게 음각되어 더욱 가치를 지니는 석조다. 나는 감로수 한 모금으로 목을 적신 뒤, 대웅보전으로 가까이 가 기둥에 매달린 주련을 살펴본다.

통나무배 모습으로 조성한 석조. 밤에는 달이 어린다

위엄의 빛이 시방을 두루 비추나니

일천 강에 달이 비치어도 모두가 하나일세.

사지四智에 밝으신 모든 성현들이

분연히 법회에 임하여 군생을 이롭게 하시네.

威光徧照十方中 月印千江一體同

四智圓明諸聖士 賁臨法會利群生

　도갑사의 성현은 누구일까. 국사전에 모셔진 도선국사와 수미
왕사를 먼저 꼽지 않을 수 없다. 국사전 옆에 수미왕사비(전라남
도 유형문화재 제152호)가 있는데, 영암 출신인 수미 스님은 13세
때 도갑사로 출가하여 마침내 왕사가 되어 도갑사를 크게 중창
한, 앞에서도 언급했지만 우리에게 격조 있고 세련된 해탈문을
선사하신 분이다.

　명부전과 산신각을 지나 계곡의 다리를 건너 왼쪽으로 가면
석조여래좌상(보물 제89호)이 있는 미륵전이 나오고, 오른쪽으로
가면 도선수미비(보물 제1395호)가 있다. 그러고 보니 도갑사는 발
길 닿는 데마다 국가적인 보물이 산재해 있다.

　보물은 그뿐만 아니다. 보름 전후의 밤이 되면 도갑사 여기저
기에 비치는 달도 빠질 수 없다고 한다. 동천에 뜬 달, 정자에서
보는 달, 계곡물에 비친 달, 석조에 어린 달, 숲 너머로 자취를
남기는 달 등이 하룻밤 머무는 길손의 가슴을 푸근하게 어루만
져준다는 것이다.

　다만, 크게 아쉬운 점은 도갑사 부근의 책굴冊窟 입구에는 석

풍수지리적으로 호랑이 앞발 자리에 들어선 오층석탑과 대웅보전

상이 하나 서 있는데, 불상佛像이 아닐까 하는 생각이 든다. 영암
군 안내문에는 왕인석상王仁石像으로 설명하고 있지만 내 판단은
다르다. 소매 속에서 두 손을 맞잡고 있는 수인手印의 불상을 나
는 도선국사와 관련이 깊은 운주사와 지리산 정령치 마애불에서
도 보았는데, 운주사 대웅전 뒤 오른편의 불상과 지리산 정령치
마애불 모두 수인이 동일한 비로자나불이었던 것이다. 나만의 주
장인지는 모르겠으나 법신불인 비로자나불이 관청의 주도로 왕
인석상으로 둔갑하였다면 이것 역시도 심각한 역사왜곡이 아닐
까 싶다. 지금도 불가의 보물을 하나 빼앗겨버린 것 같은 나의
상실감은 크다.

◆ 가는 길

서울에서 승용차로 갈 경우, 호남고속도로 광산 나들목에서 국도 13번을 타고 나주를
거쳐 영암 방면으로 80킬로미터쯤 달린다. 그러면 영암읍 라이온스탑 앞 삼거리가 나
오고 거기에서 도갑사 이정표를 보고 819번 지방도로를 달리면 도갑사 입구인 구림마
을이 나온다. 서해안고속도로를 이용할 경우에는 목포에서 삼호를 지나 독천면에서 좌
회전하여 달리면 도갑사 입구가 보인다. 대중교통을 이용할 경우, 광주나 목포에서 영
암버스터미널까지 가서 도갑사 가는 완행버스를 타면 된다. 전화 061-473-5122

절은 절하는 곳이다

늦가을 오후 3시쯤에 운주사 일주문을 들어선다. 절에는 늦가을의 적막과 바람소리가 흐른다. 수십 기의 탑과 불상이 서로 다른 표정을 짓고 있다. 세상에 태어난 사연이 다르니 모양새도 같을 리 없다. 발밑에서 뒹구는 낙엽 하나도 그 빛깔과 크기가 다르다. 자연은 인간과 달리 복제를 허락하지 않는다. 모든 유무정물有無情物에게 개성을 준 것이다.

일주문 안쪽 오른편 산자락에 선 남루한 탑은 떠돌아다니는 방랑자를 닮았다. 마을사람들은 갓처럼 생긴 옥개석이 너덜너덜하다고 하여 '거지탑'이라고 부른다. 미완의 탑이 분명하다. 그러나 운주사에서는 덜 다듬어진 탑과 불상들이 대접받고 있다. 세상을 지탱하는 이치가 바로 그거다. 미완성이 있으니까 완성이 있다. 그런데도 사람들은 미완의 소중함을 모른다. 나는 거지탑 바위에 기대선 '거지부처' 앞에서 발걸음을 멈추고 합장한다. 저

운주사에서는 누구나 탑이 되고 불상이 된다

절로 절하게 하는 거지부처이다. 욕심도 사랑도 미움도 다 버린 무욕無慾의 얼굴이다. 이루고 싶은 꿈이 복잡한 나로서는 결코 닮지 못할 얼굴이다.

이번에는 내 키보다 훨씬 큰 구층석탑(보물 제796호)을 만난다. 절하고 나니 직립한 나도 탑이 되는 느낌이다. 구층석탑 뒤편에 있는 불상을 만나는 순간에도 나는 불상이 된다. 목이 잘린 불상이지만 편안하다. 이질감이 느껴지지 않는다. 내면의 내 영혼 역시 상처투성이가 아닌가. 운주사를 찾는 다른 사람들도 마찬 가지이리라. 뭉게구름처럼 무리 지어 왔다가 사라지는 사람들도 절 안에서는 미완의 탑이 되고 목이 잘린 불상이 된다.

그렇다. 자신이 탑이고 부처인 줄 모르고 천불과 천탑을 찾는 다는 것은 어리석은 일이다. 운주사雲住寺의 이름대로 절에서 구름 한 조각을 찾는 것도 어리석은 짓이다. 자신의 인생이 바로 이 세상에 잠시 머물다 가는 한 조각의 구름이 아닌가. 운주사를 찾는 사람 모두가 운주사인 것이다.

합장하고 절하다 보면 돌집 불감佛龕에 계신 부처님(운주사석조 불감, 보물 제797호)을 만난다. 두 분은 서로 등을 대고 앉아 계신 다. 앞뒤로 앉아 의식이나 잔치를 치른 야외법당이었을 것이다. 화순군 문화재전문위원 심홍섭 씨의 설명이 흥미롭다.

"오래전 사진들을 조사해보니 도암면 마을사람들은 운주사를 내 집처럼 드나들었습니다. 결혼하면 반드시 신혼부부가 들러 탑돌이를 하고 기도했습니다. 마을의 큰 잔치도 운주사에서 했 습니다. 운주사는 신명나는 절이었습니다."

상처받지 않은 이 누가 있으랴

마을사람들이 운주사에서 잔치 한 마당을 여는 전통은 일제강점기 때 사람들이 모이는 것을 꺼려 한 일본인들에 의해 없어졌다고 한다. 이제는 마을사람들의 원찰願刹격인 절과 마을사람들 간의 소통과 유대가 회복돼야 할 것 같다. 어디까지나 운주사의 가족은 선대부터 대대로 절을 찾았던 마을사람들이기 때문이다. 마을사람들도 출입할 때 관람료를 내는지 궁금하다. 절 인심이 야박해서는 안 된다. 가족과 관광손님을 구분했으면 좋겠다.

왼편 산자락에는 '칠성바위'와 '칠성탑'이 있다. 이곳 역시 마을사람들이 즐겨 찾았던 장소일 것이다. 하늘의 북두칠성을 산자락에 모셔놓고 빌었음이 분명하다. 와불을 친견하러 가는 길에 운주사의 창건이 궁금해진다. 심홍섭 씨는 정설이 없다고 한다.

"나주평야 호족이 후백제 유민들과 함께 새 세상을 꿈꾸며 창건했다는 설, 도선국사가 풍수지리적으로 국운 융성을 위해 창건했다는 설, 정착한 몽고군들이 창건했다는 설, 심지어는 장보고를 추모하기 위해 창건했다는 설까지 참으로 다양합니다."

그러나 나는 '머슴미륵(侍衛佛)' 위에 계신 두 분의 와불臥佛을 보는 순간 도선국사(827~898)와 관련 깊은 절이 아닐까 짐작해본다. 두 분의 와불 중 듬직하게 생긴 부처님은 지권인智拳印을 한 비로자나불인데, 도선국사의 고향인 영암의 왕인 박사 유적지 석상石像도 지권인이고, 도선국사가 머물다 간 지리산 정령치 마애불도 지권인을 하고 있기 때문이다. 내 눈으로 직접 확인한 사실이니 자신 있게 말할 수 있다. 중생과 부처가 하나라는 뜻으로 두 손을 마주잡은 수인(手印, 손 모양)이 지권인이다.

전설은 와불을 더욱 친근하게 하고 있다. 하늘의 석공들이 하룻밤 사이 천불 천탑을 만들고 난 뒤 와불을 일으켜 세우려 하는데, 일하기 싫은 사미승이 '꼬끼오' 하고 닭울음소리를 흉내 내어 석공들이 하늘로 돌아갔다는 이야기다. 여기에 와불이 일어나는 날 새 세상이 열릴 것이라며, '희망의 노래'를 덧붙이고 있다.

마침 석양의 노을이 와불의 얼굴에 내려앉고 있다. 저 노을이 몇 번을 내려앉아야 새 세상이 열리는 것인지 나로서는 먹먹하다. 새 세상이 오기를 기다리는 사람은 떨어지는 낙엽 하나도 시간으로 느껴질지 모른다. 한 번 떨어지는 것이 1년이라면 얼마나 많은 낙엽이 흙으로 변해야 새 세상이 열릴까. 선가禪家에 일념一念이 만년 가도록 정진하라고 했다. 우리 모두가 때 묻지 않은 한 생각을 만년인 듯 지속하면 그것이 바로 새 세상의 개벽이 아닐까.

나무계단을 이용해 대웅전으로 내려간 나는 또 '벼락 맞은 탑' 앞에서 합장한다. 대웅전까지 오는 동안 절을 몇 번이나 했는지 셀 수 없다. 절을 받을 부처님은 또 있다. 대웅전 오른편 뒤쪽 '부부부처'이다. 오늘 따라 부부부처의 얼굴에도 노을이 술처럼 익어 발그스레하다. 예전에는 서로 어깨를 기대어 금슬이 좋게 보였는데 지금은 각자 무뚝무뚝하게 서 있다. 잠시 부부싸움 중인 모양이다. '명당탑'을 지나 불사바위에 오르면 움푹 팬 좌선대가 있다. 거기에 앉아야만 운주사가 한눈에 보인다. 정호승의 〈운주사에서〉란 시가 나도 모르게 읊조려진다.

꽃피는 아침에는 절을 하여라

와불이 일어나기 전에 세상이 열려야 한다

피는 꽃을 보고 절을 하여라

걸어가던 모든 길을 멈추고

사랑하는 사람과 나란히 서서

부처님께 절을 하듯 절을 하여라.

꽃 지는 저녁에도 절을 하여라

지는 꽃을 보고 절을 하여라

돌아가던 모든 길을 멈추고

헤어졌던 사람과 나란히 서서

와불님께 절을 하듯 절을 하여라.

사람들은 운주사의 불상과 탑들을 보고 못생겼다고도 하고, 어딘가 부족해 보인다고도 한다. 그러나 누구라도 좌선대에 앉아 분별하는 마음을 벗어던져보라. 눈과 코와 입이 어수룩하고 희미한 그것들을 껴안고 있는 운주사가 얼마나 장엄한 화엄의 바다인지 알게 되리라. 홀연히 '나'라는 교만을 버리게 하고, 절하게 하는 곳이 운주사임을 깨닫게 되리라.

◈ 가는 길

승용차를 이용할 경우, 호남고속도로를 타고 가다 동광주 나들목으로 나가 광주 제2 순환도로로 바꿔 탄다. 거기서 광주대학 방향으로 가다가 화순 도곡온천을 지나 운주사에 도착하는 길이 가장 빠르다. 버스는 광주종합버스터미널에서 운주사행을 타면 된다. 광주에서 운주사까지 40분 간격으로 하루 34회 운행하는데, 한 시간 10분 정도 걸린다. 운주사 전화 061-374-0660

절은 진리에 눈 뜨는 것을 도와주는 곳이다

나는 절을 마음으로 가기도 하고, 눈으로 가기도 한다. 마음으로 가는 절은 마치 첫사랑처럼 단번에 몰입이 되고, 눈으로 가는 절은 서너 번 들러야만 정이 든다. 불갑사는 후자 쪽이다. 호남불교의 첫 전래지라는 의미가 강해서 그랬던 것일까. 백제 침류왕 1년(384)에 서역승 마라난타가 동진으로 거쳐 호남 지역으로 들어와 불갑사를 창건했다는 얘기만 집착해서 그런지도 모르겠다. 불갑사를 갈 때마다 마라난타만 생각하다가 돌아오곤 했던 것이다.

또 하나 더 이유가 있다면 절이 관광지화되는 것에 대한 거부감 때문이다. 절 입구에 음식점과 기념품 가게들이 즐비해지는 변화가 못마땅한 것이다. 십몇 년 전의 일이다. 모 중앙일간지에 매주 '암자로 가는 길'을 연재할 때다. 편집국장의 지시라며 담당 기자가 암자 소개 및 절 주변의 별미 음식점까지 소개하는 원고를 부탁했다. 나는 수행자가 정진하는 암자까지 입에 비린내를 묻히고 가기 싫다며 내 고집대로 암자기행 원고만 보냈다. 몇 회가 나간 뒤에야 내 원고는 관광정보가 아닌 칼럼 형식으로 고정되었고 신문사 내의 반응도 긍정적으로 바뀌었다는 얘기를 담당기자에게 들었던 적이 있다. 지금도 그런 마음이 강해 변모하는 절 주변 풍경을 볼 때마다 적잖은 실망이 드는 것 같다.

불갑사佛甲寺.

부처 불佛자와 주역의 육십갑자 중에 으뜸인 갑甲자를 조합한 절 이름이다. 불법이 처음으로 호남에 전래됐다는 의미의 절 이름이 아닐 수 없다. 적어도 호남불교를 얘기할 때는 불갑사가 첫 전래지가 되는 것이다.

《삼국사기》에도 다음과 같이 기술돼 있다.

침류왕 원년 가을 7월에 사신을 진나라에 보내 조공하였다. 9월에 호승 마라난타가 진나라에서 오니, 왕이 그를 맞이하여 궁궐 안으로 모셔 예경하였다. 불법이 이로부터 시작되었다.

《삼국유사》나 《해동고승전》은 《삼국사기》의 내용보다 더 자세하게 소개하고 있다. 한산漢山에 절을 세우고 열 사람을 출가시킨다는 사실까지 기록돼 있는 것이다.

마라난타의 그림자는 불갑사에서 가까운, 굴비로 유명한 법성포法聲浦에도 드리워져 있다. 불법의 소리가 울려 퍼진 포구라는 의미다. 원래 백제 때는 아무포阿無浦라 했고, 고려시대에는 부용포(芙蓉浦, 연꽃 포구)라고 하다가 고려 말 이후부터 법성포라고

만세루에서 보이는 대웅전. 대웅전은 서향이나 삼존불은 남향이다

불렸다고 한다. 나무아미타불을 줄여 아무阿無라 했을 것이라는 스님들의 얘기이고 보면 마라난타 발자취와의 관련은 더욱 깊어진다. 마라난타가 나무아미타불 염불과 춤으로 백제 백성들을 따르게 하여 교화했기 때문이다.

불문학자 민희식 박사의 탐사로 밝혀졌지만 불갑사 창건주 마라난타의 고국이 지금의 파키스탄이라고 불회사 편에서 얘기한 바 있기 때문에 여기서는 생략하는 것이 좋을 듯싶다. 다만, 불갑사는 사비를 들여 마라난타를 평생 연구해온 민희식 박사에게 진 빚을 결코 잊어서는 안 될 것 같다. 공덕비를 세워주지 못할 형편이라면 고마움을 표시하는 감사패라도 하나 전해주는 것이 도리가 아닐까 싶다.

불갑사는 각진국사가 크게 중창한 역사를 갖고 있다. 유물은 역사의 흔적인데 불갑사에도 보물이 많다. 조선 영조 40년(1764) 이전에 지은 대웅전(보물 제830호)이 있고, 대웅전 안에는 삼존불(보물 제1377호)이 있다. 주불은 석가모니불이고 좌우에 약사불과 아미타불이 자리한 삼존불좌상이다. 1635년에 삼존불을 조상造像했는데, 참여한 스님은 무염 스님을 비롯한 승일, 도우, 성수 등 10인이라고 한다. 나의 법명이 무염이라서 그런지 삼존불이 왠지 낯익어 보인다. 세 분의 부처님 모두 까칠하지 않고 후덕하다. 대웅전은 서향인데, 삼존불이 남쪽을 향해 돌아앉아 있는 것도 여느 절과 다르다.

그 밖에도 복장유물들이 보물로 지정돼 있고, 이미 천왕문에서 본 사천왕상(전라남도 유형문화재 제159호)이 있고, 문화재자료

1635년에 무염 스님이 조성한 대웅전의 삼존불

대웅전에서 바라본 불갑사 만세루

제166호로 지정된 만세루가 있다. 어느 관광객이 만세를 하는 곳이 만세루인 줄 알고 만세 삼창을 하고 있다. 웃지 않을 수 없다. 잘 알다시피 만세루는 설법을 하는 강당이거나 다회茶會를 갖는 장소로 사용되었을 것이다.

템플스테이가 끝난 뒤라서 그런지 경내는 썰물이 빠져나간 바다처럼 조용하다. 한두 사람의 관광객이 자신의 그림자를 떨어트려놓고 어디론가 휘적휘적 사라질 뿐이다. 누군가가 나를 보았다면 나 역시도 그런 모습이었을 것이다. 오래 머물기보다는 다시 와야 될 것 같은 분위기가 팽배해 있는 것 같다.

불갑사의 꽃무릇(상사화)은 백로와 추분 사이에 만개한다고 한다. 그때 다시 오라고 상사화축제를 알리는 홍보용 전단지가 눈에 띈다. 그러나 나는 색(色, 꽃무릇)이 유혹하는 계절보다는 공(空, 눈보라)이 충만한 한겨울에 다시 찾고 싶다. 절은 진리에 눈 뜨는 것을 도와주는 곳이기 때문이다. 때마침 눈보라가 치는 날이라면 그것은 나의 헛된 잡념을 헹궈주고 화장하지 않은 불갑사의 본래면목을 보여줄 것 같기 때문이다.

◈ 가는 길

서울에서 승용차를 이용할 경우, 서해안고속도로를 타고 내려가다 영광 나들목으로 나가 좌회전하여 8킬로미터쯤 가면 학정사거리가 나온다. 거기에서 우회전하여 6킬로미터쯤 가면 안맹삼거리가 나오고 불갑사 이정표가 나타난다. 대중교통을 이용할 경우, 서울에서 영광읍까지 고속버스가 있고, 광주에서는 직행버스가 있다. 영광읍에서 불갑사까지 완행버스가 운행되고 있다. 전화 061-352-8097

고맙고 감사하고 경이로운 날

30여 년 전이던가, 청량사에 갔던 때가. 비승비속의 스님을 따라 어느 산길로 청량산에 올랐는지 도대체 기억나지 않는다. 다만 스님과 하룻밤 묵는 동안 달빛이 내리는 토굴 마당에 보랏빛 국화 몇 송이가 우울하게 피어 있었다는 것밖에 생각나지 않는다. 국화가 눈물에 젖은 듯 번들거렸던 까닭은 청량사의 달빛과 밤안개 탓이었으리. 다음 날 아침 토굴을 나서는데, 그제야 현기증 나게 하는 절벽 산길 저편에 묵은 법당과 요사가 눈에 들어왔던 것 같다. 불문佛門에 들기 전인 때라 법당으로 가 참배할 생각보다는 인간세상으로 내려갈 일을 걱정하며 서둘러 하산했으므로 기억의 필름은 거기서 끊어져버리고 만 것이다.

내 기억의 창고에는 고작 음음한 보랏빛 국화 몇 송이와 달빛으로 빛나던 산봉우리와 기암절벽, 그리고 묵은 법당과 채마밭이 한 장의 수묵화로 접혀 있을 뿐이다. 지금의 청량사도 그때처

유리보전 문밖으로 보이는 풍경

범종각에서 바라본 청량사 전경

럼 그윽하고 해맑은 선계仙界의 수묵화로 다가올지 궁금하다. 나를 데리고 갔던 스님만 인간세상으로 자주 출입할 뿐 묵은 법당에서 염불하는 스님은 인간세상을 잊어버리고 사는 듯했다. 무심과 적멸의 경계를 넘나드는 선승이 아니었을까. 흰 구름의 그림자 같은 느낌의 그 노승은 찰나의 순간이었지만 내 눈에서 삼독三毒의 비늘을 떨어지게 했다. 내 두 눈을 맑아지게 했다. 흑백사진처럼 시간이 정지된 청량사의 풍경이 지금도 그런 모습으로 계속되고 있는지 당치 않게 확인하고 싶다.

'청량산 청량사'라고 쓰인 일주문부터 산길의 등판각도는 무척 가파르다. 예전 산길은 너그러웠던 것 같은데 지금의 산길은 나를 당황스럽게 한다. 쉬엄쉬엄 넘었던 고갯길이 사라지고 산을 깎아 만든 지름길이 분명하다. 목적지에 빨리 이르기를 좋아하는 사람들은 지름길을 선택하겠지만 나에게는 부자연스럽다.

산길 옆구리를 스치고 지나가는 계곡물이 가는 세월의 속도처럼 빠르다. 옛 선사와 학인의 문답이 떠오른다. 산길을 걷다가 학인이 선사에게 물었다. "불법이 무엇입니까." 그러자 선사가 지나가는 계곡물을 보며 말했다. "빠르다, 빨라!"

불법을 묻는 그 순간이 아까울 만큼 세월은 빠르게 흘러간다는 경책의 말씀이다. 문득, 웃음이 나온다. 땡초라고 자처하던 스님의 앉은뱅이책상 위에는 작은 돌덩이 하나가 놓여 있었는데, 스님은 어머니의 젖무덤을 닮은 것 같아 절벽 아래서 주워왔다고 말했던 것이다. 그런데 어째서 내 눈에는 그 순간 부처의 머리(佛頭)로 보였는지 행운이라고 말할 수밖에 없다. 나는 탐심을 내어 스님에게 그 돌덩이를 빼앗고 말았다. 지금도 불두 모양의 편마암은 내 산방山房에서 아득한 과거세상의 흔적, 그 이상의 의미로 내게 말을 걸어온다.

나는 풍경소리가 들릴 것 같은 곳에서 걸음을 멈춘다. 겨울의 흑백사진에 봄풀이 돋듯 연둣빛이 번지는 듯하여 다시 한 번 두리번거린다. 응진전 토굴로 가는 산길이 왼쪽으로 희미하게 드러나 있고, 오른쪽은 청량사 법당인 유리보전으로 가는 길이다. 찻집인 안심당에 이르러서는 홀연히 제행무상諸行無常을 깨닫는다. 내가 그리워했던 풍경은 온데간데없고 절을 에워싼 일곱 산봉우리들만 옛 모습 그대로다. 석가모니부처님이 태어나기 전 과거세상의 일곱 분 부처님(七佛)들이 앉아 계신 모습이다.

우리 사는 세상에 변치 않는 것이 어디 있으랴! 청량사는 적어도 내 눈앞에서 과거의 단순한 흑백에서 현재의 여러 색깔로 채색되어가고 있다. 어쩌면 인간세상을 멀리하던 그 노승과 달리 젊은 스님들은 심산深山으로 인간세상을 불러들이고 있는 것 같다.

산사음악회가 열리어 안치환, 한영애, 박강성 등이 유리보전의 약사여래부처님에게 인간세상의 노래를 공양하고 간다. 이제야 신시神市 같은 산자락에 청량사를 창건한 원효대사의 화쟁和諍 정신이 싹을 틔우고 있는지도 모르겠다. 화쟁은 이분법의 다툼이 아니라 하나로 어우러짐이 아니던가. 화쟁 정신의 화해와 회통會通이야말로 요즘 유행하는 소통의 원조가 아닐 것인가.

새로 조성한 오층석탑 앞에 비승비속이었던 스님의 비원을 대신해서 되새겨본다. 그 스님은 그때 이렇게 말했던 것이다.

"부모미생전父母未生前의 형형한 본래면목을 찾아야지. 티끌 한 점 묻지 않은 본래면목을 찾기 전까지는 쉼 없이 갈고 닦아야지. 다생겁말多生劫末로 이어지는 갈고 닦음의 길, 그 길의 나그네가 되어 걸어가야지. 더러는 황혼의 주막에 들러 목을 축이기도 하고, 더러는 찬 이슬을 맞으며 노숙도 해야 하겠지. 윤회의 수레바퀴에 실린 나그네가 되어, 삼천대천세계의 후미진 변방 구석구석을 떠돌아다니리라. 이슬에 젖고 가시에 찢기며, 이 육신을 다 버려 공양하리라. 대장부 큰일을 능히 마칠 때, 삼천대천세계가 열리리라. 연꽃이 벙그는 이치를 탁, 하는 순간 깨닫게 되리라."

갑자기 비구름이 일곱 분의 부처님 같은 산봉우리들을 감싸고 있다. 사람들은 모두 우산을 꺼내 들고 있다. 나 역시 그때처럼 서둘러 인간세상으로 하산하지 않을 수 없다. 그래도 나는 유리보전에 들어 잠시라도 청량사에 머물도록 허락해준 모든 인연들에게 삼배로 답례한다. 비로소 지심귀명례를 외며 엎드린다. 젊은 나이에 청량사에 들른 날로부터 머리카락이 희끗희끗해진 30여 년 만의 일이다. 고맙고 감사하고 경이로운 날이다.

◈ 가는 길

서울에서 승용차로 갈 경우, 영동고속도로로 달리다 남원주 나들목으로 나가서 원주, 제천, 단양을 지나 풍기 나들목까지 간 뒤 그곳에서 영주까지 내려간다. 거기서 울진 방면으로 4차선 도로를 타고 달리다가 봉화에서 명호, 안동 방면으로 조금 가다 보면 청량사 안내표지판이 나타난다. 부산에서 갈 경우, 경부고속도로 대구 나들목에서 나가 중앙고속도로로 달리다 남안동 나들목에서 도산서원 방면으로 가다가 보면 청량사 안내표지판이 나타난다. 전화 054-672-1446

낙엽도 돌아갈 줄 아는구나

30여 년 전으로 거슬러 올라가 본다. 부딪히면 생가지처럼 부러질 것 같던 대학시절이었다. 나는 방학만 하면 바람처럼 구름처럼 떠돌다가 쌍봉사에 머물렀다. 절에 들면 끓던 마음이 편안해졌다. 흙탕물이 가라앉듯 마음이 맑아졌다. 온갖 번민으로 앓던 나에게 산 그림자 접힌 쌍봉사는 헐떡이는 마음을 다독여주는 어머니 품 같았다.

부모 몸을 빌려 태어난 자리가 육신의 고향이라면, '내 안의 나'를 만나게 하는 정신의 고향도 있을 법하다. 쌍봉사는 내 영혼을 맑게 해주었던 고향이다. 풀잎 끝에 맺힌 이슬처럼 온몸을 던져야 하는 초로草露의 나이가 되어 쌍봉사 부근에 정착한 까닭도 인연이 엮어낸 필연이라는 생각이 든다.

나는 지금 부모님 사십구재를 지내고 싶다는 친구 부탁을 주지스님에게 전하기 위해서 쌍봉사 해탈문解脫門을 들어서고 있

대웅전 부처님이 말한다. 부처란 늘 미소 짓는 사람이라고

다. 해탈문이란 욕심과 집착에서 벗어나라는 문이다. 쥔 손을 펴라는 문이다. 불행을 쥐고 있지 말라는 문이다. 집착하면 몸과 마음은 병들게 마련이다. 무거운 것을 내려놓으니 얼마나 홀가분한가.

경내는 한 달 전만 해도 단풍이 한창이었다. 머잖아 낙엽이 될 나뭇잎들이 자신을 노랑 빨강으로 간절하게 물들였다. 늦은 단풍을 보니 문득 그리움이 솟구친다. 단풍처럼 붉게 살았던 대학 시절의 쌍봉사 주지스님이 떠오른다. 스님은 내게 유서를 보내고 젊은 나이에 생을 마무리했다. 서해바다로 가서 몸을 던졌다.

我今終生死
誰得誰失道
過去無來處
海光自青青

수행자의 생을 강화도 절벽에서 접어야만 하는, 슬픔이 목에까지 치미는 임종게다. 내 식대로 한글로 풀면 이런 뜻이다.

나는 이제 생사를 마치려 하오
도는 얻은 것도 없고 잃은 것도 없는데
과거는 온데간데없고
바다 빛은 절로 푸르디푸르오.

지장전에서 들려오는 염불소리에 가을이 더 깊어지는 느낌이다. 염불소리 중에 유독 '지심귀명례至心歸命禮'란 구절이 가슴에 와 닿는다. 모든 생명들이 다소곳이 몸을 낮춘 채 지극한 마음으로 지심귀명례하고 있다.

스님이 지장전에서 나올 때까지 나는 또다시 경내를 돈다. 목탑 형식인 삼층 대웅전은 20여 년 전에 전소되어 복원된 탓인지 성형미인 같다. 우리나라에서 가장 작은 사방 한 칸 대웅전인데, 산골처녀처럼 수줍었던 그때 모습이 더 잊히지 않는다. 나는 이 수줍은 표정의 법당에서 부처님과 첫 대화를 나누었던 것이다.

쌍봉사를 처음 찾았을 때 절의 식구는 나까지 세 사람뿐이었다. 주지스님과 공양주보살, 그리고 나였다. 나는 가끔 불목하니처럼 대웅전을 청소하면서 부처님 어깨나 손바닥에 얹힌 먼지를 닦아드리곤 했는데, 그때 부처님께서 나에게 당부하셨던 말씀이 있다.

"부처란 늘 미소 짓는 사람이다."

대웅전 부처님은 예나 지금이나 미소 짓고 있다. 부처님을 시봉하는 아난존자와 가섭존자도 웃는 얼굴이다. 아난은 부처님을 가장 오랫동안 모셨던 존자이고, 가섭은 부처님 제자 중에 무소유 수행을 가장 참되게 닦았던 존자이다. 가섭존자 턱에 점점이 그려진 수염이 눈길을 붙잡는다. 얼마나 치열하게 수행했으면 수염 깎을 시간도 없었을까.

호성전護聖殿은 조선시대 때 세조 위패를 봉안한 전각이었던 것 같다. 세조가 대군시절에 쌍봉사를 지나친 인연이 있다고 전

호성전의 조주선사가 '차나 한 잔 하라'고 권하네

해진다. 일제강점기에 촬영한 흑백사진이 발견되어 최근에 복원된 건물이지만 아름답기로는 대웅전 못지않다. T자형 아담한 건물인데, 현재는 쌍봉사를 창건한 철감 도윤선사(798~868)와 조주 종심선사의 초상화를 봉안하고 있다. 두 분을 모신 까닭은 당나라 때 남전선사 문하에서 사형사제의 법연法緣이 있었던 때문이다. 조주선사는 다인茶人들에게 다불茶佛과 같은 존재다. 조주선사가 누구에게나 "차나 한 잔 마시게"라고 권했던 것은 쓸데없는 생각 하지 말고 차 한 잔에 온몸을 적셔보라는 뜻이 아니었을까.

극락전은 경내 한가운데 자리하고 있다. 말 그대로 지극히 안락한 공간이다. 극락전으로 올라가는 돌계단도 편안하다. 우리나라에서 가장 편한 돌계단이라고 평한 학자도 있다. 나는 극락전 단풍나무를 볼 때마다 나무에게도 불성佛性이 있다고 믿는다. 20여 년 전 대웅전이 불탈 때 돌계단을 가로지르는 단풍나무 고목 한 가지가 극락전으로 뻗치는 불길을 막아냈던 것이다.

철감선사부도 가는 길에는 차꽃이 만발해 있다. 차꽃은 서리에 굴하지 않고 초겨울까지 맑은 향기를 내뿜는다. 선사들은 향기를 코로 맡지 않고 귀로 듣는다(聞香)고 하지만 나는 아직 그 단계는 아니다.

신라 경문왕을 불문佛門에 귀의케 하고, 해상왕 장보고와 깊은 우정을 나누었던 철감선사의 부도(쌍봉사철감선사탑, 국보 제57호)는 우리나라에서 가장 빼어난 석조물이다. 부도란 극락세계를 상징하는 조형물로 고승의 사리를 봉안한 사리탑이다. 옛 사람들은 극락의 위치를 용이 사는 구름 위에 있다고 생각한 듯하다. 구름 위에는 불법을 지키는 사자가 있는데 심심했던지 자신의 뒷다리를 물고 있거나 졸고 있다. 연꽃이 피어 있고 천인天人들이 악기를 연주하거나 춤을 추고 있다. 긴 천을 손에 쥐고 춤추는 동작은 오늘날의 살풀이를 연상시키고, 악기 중에는 허리가 잘록한 장구가 보인다.

조선시대 때 편찬한 《악학궤범》은 장구를 송나라 때 들어온 악기라고 설명하지만, 통일신라 때 만들어진 부도에 새겨졌으니 놀라지 않을 수 없다. 뿐만 아니라 고려시대에 조성한 부석사 무량수전에서만 보았던 배흘림기둥이 부도에 조각되어 있으니 눈길을 뗄 수 없다. 철감선사탑비(보물 제170호)도 한 발을 쳐든 거북이 모양새가 곧 움직일 것처럼 역동적이다.

대숲을 스치는 바람소리가 차갑다. 겨울로 달음박질하고 있다는 증거다. 초의선사가 쌍봉사에 들러 남긴 시에 나오는 대숲이다. 초의선사는 철감선사부도 가는 길을 휘어진 대나무들이 가로막고 있다고 노래하였던 것이다.

부도를 보고 내려오니 마침 친구가 와서 기다리고, 스님도 염불을 끝내고 뜰에 나와 있다. 낙엽이 우수수 떨어져 평상 위에 뒹군다. 친구가 사십구재를 부탁하자 스님이 말한다.

"재란 좋은 언행으로 나를 맑히어 돌아가신 영가의 발걸음을 가볍게 해주는 것입니다. 스님의 염불보다 재주의 맑은 마음이 중요합니다."

평상에 떨어진 낙엽이 스님과 친구가 하는 말을 엿듣고 있다.

알아들었다는 듯 어디론가 휘적휘적 굴러간다. 육조 혜능대사가 말했던가. 낙엽이 뿌리로 돌아가고 있다(落葉歸根). 낙엽마저 '지심귀명례!' 하는 절절한 순간이다.

◆ 가는 길

승용차로는 호남고속도로 동광주 나들목에서 화순 방면으로 직진하다가, 다시 보성과 장흥 방향으로 달리다 보면 이양면 청풍주유소가 나온다. 거기서 보성 방향으로 좌회전하여 7분쯤 달리면 왼쪽에 매정마을이 보이고 쌍봉사 이정표가 나타난다. 버스는 광주종합터미널에서 쌍봉사까지 하루에 두 시간 간격으로 7번 운행되고 소요시간은 1시간 40분 정도다. 전화 061-372-3765

온몸으로 살고 온몸으로 죽어라

한 해가 속절없이 가고 있다. 저무는 해를 보고 싶어 나는 망해사望海寺로 간다. 어디서나 해는 진다. 그런데 나는 왜 굳이 망해사의 지는 해가 보고 싶을까. 캄캄함 밤중에도 인과因果의 화살은 과녁을 맞힌다고 했다. 불가에서는 우연이란 없다. 지금 내가 망해사로 가고 있는 것도 분명 곡절이 있을 터이다.

만경평야를 지나 심포항에 드니 바다안개가 걷히고 해가 보인다. 구름이 조금 끼었지만 다행이다. 해가 지려면 한 시간 정도 남아 있다. 경내를 산책하다 보면 나를 망해사까지 오게 한 무엇이 드러날 것이다.

망해사는 신라 문무왕 11년(671)에 부설거사가 창건한 고찰인데, 중국과 교류가 빈번한 서해 바닷가에 자리한 연유로 당나라 중도법사가 머물며 기도한 절이기도 하다. 망해사에 수행 대중이 가장 많이 모인 때는 아마도 진묵대사가 선조 22년(1589)에 낙서전樂西殿을 짓고 나서였을 것이다.

절에는 아직도 잔설이 희끗희끗 남아 있다. 절이 진봉산 북쪽 기슭에 자리 잡은 데다, 만경강 강바람이 차갑게 맴돌기 때문이다. 대나무 이파리들이 서걱거리는 소리도 난다. 부설거사가 망해사 대나무를 보고 팔죽시八竹詩의 시상을 얻었던 것이 아닐까 싶다. 시비와 증오로 가득 찬 세상 속에서, 나 또한 어쩔 수 없이 웃고 울기에 부설거사의 팔죽시가 오늘따라 더욱 마음에 와 닿는다.

이대로 저대로 되어가는 대로
바람 부는 대로 물결치는 대로
죽이니 밥이니 먹는 대로 살고
옳으니 그르니 그런 대로 보고
손님을 맞이하면 살림살이대로
시장에서 사고파는 것은 세월대로
세상만사 내 마음대로 되지 않아도
그렇고 그런 세상 그런 대로 보내리.
此竹彼竹化去竹 風打之竹浪打竹
粥粥飯飯生此竹 是是非非看彼竹
賓客接待家勢竹 市井賣買歲月竹
萬事不如吾心竹 然然然世過然竹

대나무를 시행 끝에 여덟 번 붙였다고 해서 팔죽시다. 부설

'파도소리가 들리는 집' 청조헌(聽潮軒)

거사가 아무 의욕 없이 되는 대로 살겠다고 하니 허무주의에 빠진 수행자라고 오해하는 사람도 있을 것 같다. 그러나 부설거사는 생불生佛이었다. 노자와 같이 무위無爲의 경지를 체득한 시인이었다. 무위란 아무 일도 하지 않고 손을 놓고 있는 것이 아니다. 자연의 순리를 좇아 인간이 세상과 한 몸이 되어 불화하지 않고 산다는 뜻이다.

내 욕망과 고집대로 집착하면 자연의 순리는 바로 깨져버린다. 지혜로운 이는 세상 일이 마음대로 되지 않아도 인과의 인연으로 돌릴 줄 안다. 자신이 지은 업을 모르면, 참회하고 기다리는 끈기라도 있어야 한다. 인과의 인연을 거스르고 역행하니까 불행해지고 마는 것이다.

'파도소리를 듣는 집'이라는 청조헌聽潮軒을 보니 진봉면 사람들의 숨결이 느껴진다. 몇십 년 전에 진봉면 면사무소 목재건물을 해체하여 옮겨 지은 건물이 바로 청조헌이라고 하니 말이다. 면민들의 뜻이 모아져 면사무소 건물이 청조헌으로 환생했을 것이다. 안내문에 그런 미담도 소개하면 좋을 텐데 생략되고 없다.

종각 입구에 '그대 발길 돌리는 곳'이라고 쓴 팻말이 보인다. '출입금지'라는 위압적인 말을 시적으로 표현한 것 같아 슬그머니 미소 짓게 한다. 망해사 스님의 여유가 느껴진다. 수행자는 날카로운 직설보다 부드러운 은유를 구사하는 멋이 있어야 한다. 사실, 절이 우리에게 매력적인 까닭은 역사와 은유가 담겨 있기 때문이 아닐까.

종각에서 일몰이 빚어내는 황홀한 낙조를 감상하려고 왔는데,

낮과 밤이 교차하는 고즈넉한 시간의 종각과 팽나무

절이 북향인 데다 해가 심포항 너머로 떨어져 아쉽다. 그러나 종각 앞의 겨울바다를 적시는 한 자락 낙조와 스러져가는 날빛만으로도 나는 정복淨福에 젖는다. 낮과 밤이 교차하는, 서로가 침묵하더라도 서로의 소리를 들을 듯싶은 고즈넉한 시간이 좋은 것이다.

극락전 지붕이나 망해사에서 가장 오래된 건물인 낙서전 지붕에도 달그림자처럼 잔설이 쌓여 있다. 진묵대사가 초창한 낙서전은 법당과 요사를 겸한 인법당이었을 것이다. 오래된 법당 앞에는 고목이 한두 그루 있기 마련인데, 낙서전 앞에도 400여 년 된 팽나무 두 그루가 서 있다. 심포 마을사람들이 할배나무와 할매나무라고 부르는 팽나무다. 나무줄기가 노인의 허리처럼 휘어져 그렇게 부르겠지만, 혹시 효성이 깊었던 진묵대사가 부모를 추모하기 위해 심은 나무인지도 모르겠다.

팽나무 밑에는 매향비埋香碑가 있다. 미륵보살이 하생하기를 염원하며 망해사 앞 갯벌에 향나무를 묻었다는 표시의 비다. 우리나라 매향비들은 대부분 강물과 바닷물이 만나는 지점에 세워져 있는데, 망해사 매향비도 그중 하나이다. 갯벌에 묻은 향나무인 침향沈香은 새 세상이 열리는 날 바다에 뜬다고 한다. 침향의 향기로 세상이 향기로워지는 날, 미륵보살이 백성들을 구원하러 강림한다고 하니 외로운 민초들의 비원이 서린 얘기가 아닐 수 없다.

망해사를 떠나려고 하자, 움츠린 등 뒤에서 가로등이 켜진다. 멀리 어둠에 잠기는 군산 앞바다의 섬들도 불빛을 반짝거리며 자신의 존재를 드러낸다. 망해사와 작별하려는 나에게 끝내 손짓하는 것이 있다. 바닷바람 속에서도 푸르디푸르게 온몸으로 사는 해송海松 두어 그루다. 그렇다. 스산한 세밑이라 해서, 망해사 겨울바람이 매섭다고 해서 '온몸으로 살고 온몸으로 죽어라'라는 화두를 접어둘 수는 없다.

◈ 가는 길

승용차를 이용할 경우, 서김제 나들목으로 나가 삼거리에서 우회전하여 5킬로미터쯤 가면 만경읍이 나온다. 만경읍내에서 702번 도로를 타면 진봉면 심포리에 이르고 망해사 표지판이 나타난다. 서울에서는 호남선 열차와 고속버스로 김제까지 가서 심포가는 시내버스를 이용하여 만경읍을 지나 승차 20여 분쯤에 심창초등학교 다음 정류장에서 내린다. 심포행 시내버스는 18번, 19번이고 한 시간 간격으로 운행된다. 전화 063-545-4356

경상남도

경상북도

전라남도

절은
절하는
곳이다

1판1쇄 발행	2011년 2월 14일
1판2쇄 발행	2011년 3월 2일

지은이	정찬주
펴낸이	이영희
펴낸곳	도서출판 이랑
주소	서울시 마포구 서교동 351-10 동보빌딩 201호
전화	02-326-5535
팩스	02-326-5536
이메일	yirang@hanmail.net
등록	2009년 8월 4일 제313-2010-354호

ISBN 978-89-965371-0-6 03810